光文社文庫

文庫オリジナル／長編青春ミステリー

黄緑のネームプレート

赤川次郎

光　文　社

『黄緑のネームプレート』目次

●主な登場人物のプロフィールと、これまでの歩み

第一作『若草色のポシェット』以来、登場人物たちは、一年一作の刊行ペースと同じく、一年ずつリアルタイムで年齢を重ねてきました。

杉原爽香《すぎはらさやか》……四十六歳。中学三年生の時、同級生が殺される事件に巻き込まれて以来、様々な事件に遭遇。大学を卒業した半年後、殺人事件の容疑者として追われていた明男《あきお》を無実と信じてかくまうが、真犯人であることを知り自首させる。二十七歳の時、明男と結婚。三十六歳で、長女・珠実《たまみ》を出産。仕事では、高齢者用ケアマンション〈Pハウス〉から、**田端将夫**《たばたまさお》が社長を務める〈G興産〉に移り、老人ホーム〈レインボー・ハウス〉を手掛けた。その他にもカルチャースクール再建、都市開発プロジェクトなど、様々な事業に取り組む。

杉原明男……旧姓・丹羽《にわ》。中学、高校、大学を通じて爽香と同級生だった。大学時代に大学教授夫人を殺《あや》めて服役。その後〈N運送〉の勤務を経て、現在は小学校のスクールバスの運転手を務める。

杉原珠実……爽香が三十六歳の時に出産した、明男との娘。利発な小学生。

栗崎英子《くりさきひでこ》……往年の大スター女優。〈Pハウス〉に入居した際、爽香と知り合う。そ
ののち、映画界に復帰。

久保坂《くぼさか》あやめ……〈G興産〉の社員で、爽香をきめ細やかにサポートする頼もしい部下。
画壇の重鎮である**堀口豊**《ほりぐちゆたか》が夫だが、入籍はしていない。

杉原涼《りょう》……爽香の兄の子であり、故人の杉原**充夫**《みつお》と**則子**《のりこ》の長男。カメラマンを抱え
る事務所に勤めている。有能な社会人の姉・**綾香**《あやか》と高校生の妹・**瞳**《ひとみ》と
同居している。大学の写真部で知り合った岩元《いわもと》なごみと交際中。

岩元なごみ……杉原涼と交際中。写真の配信サービスをする会社に勤務。**望月**《もちづき》が編集部
長を務める編集プロダクション〈Q〉と仕事をしている。

増田《ますだ》……爽香が通うコーヒーのおいしい喫茶店〈ラ・ボエーム〉のマスター。

中川《なかがわ》満《みつる》……爽香に好意を寄せる殺し屋。〈ラ・ボエーム〉の〝影のオーナー〟。

——杉原爽香、四十六歳の秋

1　砂浜

「ああ……。やっと、だね！」

思い切り伸びをして、杉原爽香《すぎはらさやか》は大きく息を吐きながら言った。

「そうだな」

と、明男《あきお》が肯《うなず》いて、「今年の夏は長かった……」

爽香は、必ずしもそれだけの意味で言ったのではなかったが、そう口には出さなかった。

それに、明男の言うのも本当だったからである。

杉原爽香が四十六歳になって迎えた夏はいつになく暑く、そして長く続いた。

十月に入って、やっと本当の「秋」を感じられる風が吹いて来た。といっても、東京ではどうだろうか。

今、爽香は夫、明男と娘の珠実《たまみ》と三人で、この海岸に来ていた。

海からの風は爽やかで、秋の空気になっていたのだ。

珍しい休暇だった。

少し先の砂浜で、珠実が拾った木の枝で砂に字を書いている。

「忙しかったな、ここしばらく」

と、明男が爽香の肩を抱いた。

「まあね……」

責任のある立場で、仕方ないとはいえ、何も仕事の心配をしないで休暇を楽しむということはできずにいる。

「この週末は思い切り休む！」

と、爽香は言って、「休むのも頑張っちゃうんだよね！」

「みんな同じさ。——後で忙しくなると思うと、休みたくない気になる」

「少し変らなきゃいけないんだね。でも、私たちはもう無理かも。——珠実ちゃんの世代は違うかもしれないわ」

「どうかな。母親似だ」

「何よ」

と、爽香は明男をつついた。

「ともかく——」

と、明男も伸びをして、「こんな所で、事件に出くわしたくないな」

「明男。それって私への当てこすり?」

「いや、とんでもない。純粋に心配してるだけさ」

「怪しいもんだ」

もっとも、そう言われても仕方ないことは、爽香自身が誰よりもよく分っている。

何かちょっとしたことでも、つい深入りして、危い目にあう。明男が、

「本当によくこの年齢《とし》まで生きてたよ」

と、本気で感心するくらいである。

「でも、いくらかは人助けになってると思ってるのよ」

と、爽香は言った。「放っときゃいい、ったって、そうもいかないことってあるでしょ」

「まあな」

——波の音が少し大きくなった。風が髪を乱して行く。

そろそろ夕方になろうというところだ。

「大っきなお風呂に、のんびり入ろう」

と、爽香は言った。「珠実ちゃんとね」

珠実ももう十歳である。お父さんとはお風呂に入りたがらないのだ。

「——お母さん」

珠実が駆けて来た。

「珠実ちゃん、そろそろホテルに戻ろうね」

「うん」

と、珠実は肯いたが、「——服着たまま泳ぐ人っている？」

爽香は面食らって、

「——何の話？」

「今、女の人がね、服着たまま、海に入ってった」

爽香と明男は顔を見合せた。

「それって、どこのこと？」

「あっち」

珠実が、自分のいた辺りから、さらに少し先の波打ちぎわを指さした。

「まさか……」

「行ってみよう」

明男が小走りに砂浜を駆けて行くと、爽香も珠実の手を取って追った。

そこに——女ものの靴が転って、波に洗われていた。

「明男……」

「何か見えるか？」

と、海の方へ目をやる。

爽香も目をこらした。すると――波間にチラッと赤いものが見えた。

「今、あの辺に――」

「うん、俺も見た」

明男は上着を脱いで爽香に渡した。

「明男。――無理しないで」

「分ってる」

爽香は止めなかった。

明男が波に向って駆け出すと、すぐに波頭に包まれた。そして、泳ぎ出す。

あの赤いものは、どれくらい離れていただろう？　爽香は、明男の頭が波間に見え隠れするのを、ずっと見つめていた。

お願い……。無理しないで、明男。

「まあまあ、大変なことで」

と、年輩の仲居がタオルを持って来てくれた。

「救急車を呼んで下さい」

と、爽香は言った。

「はい、もう呼んであります。——ご主人様は大丈夫ですか？」

「何とかね」

明男は息をついた。「海の水は少し飲んだが。この人は……」

「うちのお客様です」

と、仲居が言った。「お一人じゃなかったんですよ。でも、お連れの男の方は今朝一人で帰られて」

「水は吐かせた。冷え切ってるが、脈はしっかりしてる」

と、明男は言った。

「明男、そのまま大浴場へ行って！　私、着替えを持ってくから」

と、爽香は言った。「唇が紫色になってる。風邪ひくよ」

「ああ、それじゃ……頼む」

「救急車が来たら、私が相手するから」

「分った」

——明男が抱きかかえて浜辺に引きずって来たのは、赤いスーツの女性だった。

砂浜で水を吐かせ、このホテルへ抱えて来た。

「やれやれだわ……」

休みを取って来れば、こんなことに……。

私のせいじゃないからね！　爽香は心の中で言った。

「あ、そうだ」

部屋に戻って、着替えを取って来なきゃ。そう思ってから、思い付いた。

明男が入ってるのは〈男湯〉だ！

爽香は部屋へ走って、明男の下着と浴衣を持って来ると、

「珠実ちゃん、これをお父さんに届けて」

と、大浴場の前まで来て言った。

「お母さんはどうして？」

「男の人の方だから。珠実ちゃんなら大丈夫。ね？」

「うん……。でも……」

「脱いだものがカゴに入ってるから。お父さんの、分るでしょ。濡れてるし、砂が付いてる」

「うん、分った」

と、珠実は肯いた。

「これを別のカゴに入れて、お父さんの濡れたのを持って来てちょうだい。分るわね？」

「うん」

「この時間は、たぶんほとんど入ってる人、いないと思うから、間違えることないわよ」

　すると、聞いていた仲居が、

「お嬢ちゃん、この袋へ、濡《ぬ》れたのを入れて来て下さい」

と、大きなビニール袋を持って来た。「これ、洗濯物用の袋ですから」

「ありがとうございます」

と、爽香は受け取って、「じゃ、珠実ちゃん、これ持ってね」

「行って来る」

と、珠実は行きかけて、振り向くと、「でも、お母さん」

「なあに？」

「私も女よ。忘れないでね」

　そう言ってスタスタと行ってしまう珠実を見送って、爽香は啞然《あぜん》としていたが……。

　仲居が笑い出して、

「利発なお嬢ちゃんですね！」

と言った。

「もう……すっかり生意気になって」

と、爽香は苦笑した。「でも言ってることは本当ですけどね」

「救急車ですわ」

と、仲居が玄関の方の気配に気付いて、「お客様が不安に思われますから、サイレンを鳴らさずに来て下さいとお願いしたんです」

五十に近いだろうか、その仲居のよく気のつくことに爽香は感心していた。

明男が助けた女性は、玄関前のロビーの、奥の方のソファに寝かせてあった。

「お願いしますね」

と、仲居は救急隊員と顔見知りらしく、詳しい説明をしなくても通じたようだった。

赤いスーツの女性が担架に乗せられ、運び出されて行った。

救急隊員の一人が、仲居に、

「海へ入ったんですね。助けた人は……」

「こちらのご主人様です。今、大浴場に」

「体が冷え切っていたものですから」

と、爽香は手早く説明した。

「分りました。自殺未遂ということになると……」

「警察の方がみえますね」

「そうなると思います。――では、病院へ運びますので」

「よろしく」

と、仲居が表まで出て行って、救急車を見送った。

「──お客様にもご迷惑をおかけしました」

と、仲居が戻って来て言った。

「いえ、うちはこの手のことに慣れていて」

と、爽香は言って、「失礼ですけど」

「はあ、何か？」

「もしかして看護師でいらしたのでは？」

仲居は、ちょっとびっくりしたように爽香を見つめた。爽香は、その仲居の胸もとの名札へ目をやって、

「佐野《さの》さんとおっしゃるんですね」

と言った。「とても手ぎわよく対応されるので、もしかして、と思って。すみません、勝手なことを」

「いいえ。──佐野このみと申します。確かに、昔、少しの間看護師の仕事をしていたことがございます。よくお分りに」

「いえ、何となくそんな気がして。特に、さっきみたいなこと、ホテルにとってはあまりありがたくない出来事でしょう。でも、あなたは少しもいやな顔をせずに手配して下さった。その様子で、もしかしたら、と……」

「そうですね。病院で急患を受け持つこともありましたので」

と、佐野このみは言った。「でも、もうこのホテルで、仲居の勤めも三つめです。今はすっかり……」

爽香の目にも、佐野このみがベテランの看護師だったに違いないことははっきりしていた。しかし、それでいてこうして仲居の仕事をしているのは、何か事情あってのことだろう。

あまり詳しく訊《き》くべきではないと思った。

「そういえば――」

と、佐野このみはちょっと周囲を見やって、「ここの支配人は、ああいうスキャンダルを嫌います。もしお客様さえよろしかったら……」

「もちろん、私からは何も話しません」

と、爽香は言った。「でも、警察の人が来たら、いやでも知れるのでは？」

「支配人は今、東京で業者の会合に出ていて、今日は帰りません。知らせずにおけば、それですむかも」

「分りました。黙っていて、却《かえ》ってあなたの立場が悪くなることはありませんか？」

「そのときはそのときです」

と、佐野このみは笑った。

その笑顔に、爽香は少々のことには動じない彼女の肝《きも》の据《すわ》ったところを見た。やはり、どう見てもベテランの看護師だったに違いない。

そこへ、珠実が洗濯物の袋を引きずりながら戻って来た。

「こちらへ」

と、佐野このみが駆けて行って、袋を受け取ると、「私どもで洗って、明日お返しします」

「でも、それは――」

「お気づかいなく。こちらの仕事ですから」

「そうですか。では……。よろしく」

爽香は珠実の手を取ると、「じゃ、お父さんがお風呂から出て来るのを部屋で待ってようか」

「うん」

と、珠実は肯いた。

「夕食はダイニングでお取りになりますか？」

と、このみが訊いた。

「そうですね。では――七時ごろで」

「かしこまりました」

爽香は珠実の手を引いて廊下を歩いて行った。

「お母さん。さっきの人は？」

「救急車が来て、病院に運んで行ったわよ」

「ふーん。あの人、どうして服着たまま海に入ったの？」

「それは……いろいろわけがあるのよ」

「自殺しようとしたってことだよね」

「うん……。まあね。よっぽど辛《つら》いことがあったのね」

珠実ももう十歳。大人の事情も分る年齢になっていた。

「――お母さんは大丈夫だね」

「何が？」

「絶対死なないよね」

と、珠実は力をこめて言った。

「そうね。少なくとも、珠実ちゃんがしっかり大人になるまでは、何があっても死ななないつもりよ」

「つ、つもりじゃだめ！　死なないって誓《ちか》って！」

「はいはい」

苦笑しながら、ちょっと胸を熱くしている爽香だった……。

2 事情

「お土産《みやげ》、買ったか？」

と、明男が旅行鞄の口を閉めて言った。

「大丈夫。うちのチームと、別にあやめちゃんにも買った」

と、爽香は肯いた。「明男の方は、お菓子ひと箱でいいんでしょ？」

「ああ、他にあげる人もないし」

明男は腕時計を見て、「そろそろ出るか。少し駅で待つけどな」

「待つぐらいの方がいいわ。――珠実ちゃん、忘れ物ない？」

「うん」

爽香は、もう一度バスルームの洗面台を覗《のぞ》いた。大丈夫だ。

「じゃ、行こう」

明男が旅行鞄をさげて、部屋を出ようとドアを開けると、

「あ、失礼しました」

目の前に、あの仲居——佐野このみが立っていた。

「もう出るところです」

と、明男は言った。「ちょうど良かった。会計はできていますか?」

「はい、確かに」

と、佐野このみは言って、「ご迷惑をおかけして。お詫《わ》びしなくてはと思って……」

「そんなことはいいんです」

と、明男は言った。「あの女の人は助かったんですか?」

このみはチラッと左右を見た。

「そのことで、ちょっとお話が。入ってもよろしいでしょうか」

「ええ、もちろん」

爽香も、このみと明男の話を聞いていた。このみが少し改って、

「本当に、お客様には申し訳ないのですが」

「どういうことでしょう」

と、爽香は訊いた。

「このホテルとしては……あの件はなかったことにしたい、と支配人が」

爽香は驚かなかった。

自殺未遂を起《おこ》したというのに、結局警察はやって来なかったのである。——裏に何か

ある、と爽香は察していた。

「それはたぶん、あの海で死のうとした女性と一緒に泊っていた男性の都合ですね」

爽香の言葉に、このみはちょっと驚いて、

「おっしゃる通りです」

と言った。「よくお分りに……」

「見当はつきます。あの女の人は捨てられたのですね」

「そのようです。問題は、その先に帰ってしまわれた方でして」

「彼女が海へ入って死のうとしたこと、その人は知っているんですか？」

「そのはずです。私は何も話していませんが、支配人がきっと……」

「その男性は、いわゆる社会的な地位があって、女性の自殺未遂に係《かかわ》っていたとなると、まずいのですね」

と、爽香は言った。

「お察しの通りです」

と、このみは言った。「そんなことがあっていいのかしら、と思いますが」

「私たちには関係のないことです。あの女性が助かったのなら、それ以上のことは望みません」

「はい。その点は私からもう一度確かめておきます」

このみの言葉ははっきりしていた。

——帰りがけ、もう一度、ホテルの中の土産物の売店を覗いて、自宅用のおまんじゅうを一箱買った。

玄関で、佐野このみが見送ってくれた。

「ありがとうございました」

駅まで歩いて十分ほどだ。——ぶらぶらと道を行く三人を、佐野このみがずっと見送っていた。

「——大変だったわね」

と、歩きながら爽香が言った。「明男が風邪ひかなくて良かった」

「深入りしなくてすんで良かったよ」

と、明男が言った。

「だといいけど……」

「何だ？　何かあるのか？」

「ただ、何となく……」

「お前のそういう勘はよく当るからな」

「いやなこと言わないで。当るなら宝くじくらいにしてほしいわね」

と、爽香は言って、「ああ！　休みって、どうしてこんなに早く過ぎちゃうの？」

するとと、珠実が笑った。

「珠実ちゃん、何がおかしいの？」

「私が夏休みの終るときに同じこと言ったら、お母さん、『毎日が充実してれば、長く感じるのよ』って言ったよ」


帰りの列車でウトウトしていると、ケータイが鳴って目が覚めた。

「里美《さとみ》ちゃんだ。——もしもし？」

荻原《おぎわら》里美は三十二歳。爽香の世話で十代から〈G興産〉で働いている。今は社長秘書の一人だ。

この三月に一つ年下の男性と結婚したが、彼の方が「荻原」姓になった。

「お休み中でしたね、すみません」

と、里美が言った。

「いいのよ。今、帰りの列車。何か？」

里美と、夫、圭介《けいすけ》の結婚式で仲人をつとめたのは、明男と爽香だった。二人とも、「仲人初体験」で、「仕事よりよほどくたびれた」と、終ったとき、夫婦で言い合った。

「あの……ご報告、と思って」

と、里美は言った。「私、十二月から産休に入ろうと思います」

「まあ！　おめでとう」

思わず声が弾《はず》んだ。

「誰よりも、爽香さんに早くお知らせしたくて」

「良かったわね。大事にして。圭介さんも喜んでるでしょ」

「あ、まだ言ってないんです。今夜帰ったら言います」

「何だ、ご主人より先に、私に知らせてくれたの？」

「はい。今、病院で安定期に入ったと言われて」

「嬉《うれ》しいわ。それはそうと、一郎《いちろう》ちゃんは元気？」

里美の弟で、今は大学生。里美が親代りになって育てた。

「一人暮しで、好きにしてるみたいです」

「食事に気を付けないとね」

「爽香さん、言ってやって下さい。あの子、爽香さんのこと、凄く尊敬してますから」

──爽香は、明男に里美のことを伝えた。

「そうか。里美ちゃんも母親になるんだな」

「ええ……。十六だったあの子が、うちの社で働き始めて……」

メッセンジャー役で、社内や取引先を飛び回り、〈飛脚ちゃん〉というあだ名をつけられていた。

「それからもう……十五、六年だな」

「早いものね。みんな、確実に大人になっていく……」

爽香の目は、隣の席で眠っているわが子へと向いていた……。

「佐野さん、支配人が呼んでるよ」

接客係のチーフの男性に声をかけられて、

「はい」

と、佐野このみは答えたが、「今、配膳中です。終ってからでも？」

と、訊き返した。

「いや、早い方がいいんじゃない？」

「分りました。——これ、代って」

と後輩の仲居に膳を渡す。

本当なら、お客本位で考えて、「終ってからでいい」と言うのがチーフだろうが、仕方ない。

佐野このみは、急いで支配人室へと向った。

「——お呼びですか」

と、入って行くと、大きなデスクの向うに、支配人の林伸吾《はやししんご》の不機嫌そうな顔があった。

「佐野さんか。分ってるだろ」

四十そこそこだが、すっかり太ってしまって老けて見える。

「何のことでしょうか？」

「例の女性だよ。海に入って……」

「自殺未遂された方ですね」

「救急車を呼ぶとき、『自殺未遂』と言ったそうだね」

「はい。水を飲んでいましたし、状況をちゃんと申し上げないと——」

「たまたま溺《おぼ》れたとか、言いようがあるだろう」

「赤いスーツのままですか？　却っておかしいと思います」

「うん、まあ……」

林も、このみの対応が正しいことは分っているのだ。「しかし……」

「でも、結局事故ということになったと伺《うかが》いました」

「それはいいんだが、何しろ、その女性が精神的に不安定だろうと心配しておいでだ。君、病院に行って、様子を見て来てくれないか」

このみは当惑して、

「様子を見るといいましても……。私、精神科の医者でもありませんし」

「分ってる。担当の医者と話してくれ。それと——外に話が洩《も》れてないか、確認してほしい」

「それは……あの『お客様』のご要望ですか」

「君には関係ないだろ」

と、仏頂面《ぶっちょうづら》で言ってから、「いや、君がよくやってくれたとは思ってるんだよ。だが、先生としては、やはりご心配なんだ」

「お連れ様の体のことより、ご自分の立場が心配なのですね」

このみはつい、強い口調で言った。

「それは仕方ないだろ。君もうちのホテルの人間なら、そのつもりで……」

「承知しております。では、すぐに出かけます」

それ以上、林が何か言い出す前に、このみはさっさと支配人室を出たのだった。

〈ホテルN〉から一番近い総合病院に、その女性は運ばれていた。

佐野このみは、もちろん仲居の和服姿を自前のスーツに替えて、病院へと入って行った。

普通に病室を訊いても、まず教えてくれないだろう。——大方の見当で、〈特別フロア〉へとエレベーターで上る。

そういえば、何という名前で入院しているのだろう？

ホテルの宿泊カードには、〈下原綾子《しもはらあやこ》〉とあったが、本当の名前ではないかもしれない。

〈特別フロア〉は静かだった。

ナースステーションから、中年の看護師が出て来た。

「恐れ入ります」

と、このみは声をかけた。

「はい、何か？」

「先日、海で溺れて救急搬送された女の方がおいでだと思うんですが……」

「ああ。――確かに」

と、その看護師は肯いて、「そちらは？」

「お泊りだったホテルの者です。その後のご様子を伺いたくて」

「ええと、患者さんのお名前は……」

「ホテルには、〈下原綾子〉様という名で……」

「そうですか。こちらにもそのお名前で。ご本名のようですよ」

意外だった。

「もし、よろしければ、担当の先生にお目にかかれればと……」

「今、ちょっと外しておいでで……。あと三十分もしたら戻ると思います」

「では、待たせていただきます」

このみは、フロアの奥の休憩所で待つことにした。

料金の高い個室が並ぶフロアで、色々な科の患者がいる。面会時間も、このフロアはいつでも大丈夫なのが普通だ。

「――下原綾子ね」

このみの見たところでは、二十七、八ではないかと思えた。仕事のできそうな印象で、整った顔立ちだったという記憶がある。

もっとも、ホテルでは――特にああいう二人連れの場合、女性のことをあまりジロジロ見ないようにするから、そうはっきり憶《おぼ》えていない。

海から助けられて、青ざめた顔をしていた様子のほうが印象に残っているのだ。

でも……あんなことになるとは。

男に捨てられたといっても、自分の力で仕事をこなしている女性と思えたのに、どうしてあんなことをしたのだろう？

あの杉原さんという方が救ってくれなければ、確実に死んでいたはずだ。

一つ、ふしぎなのは、捨てたほうの男のことだった。――このみも、人並みにテレビも見るし、新聞も読んでいる。

それでいて、あの男性がどういう人物なのか、分らないのだ。ああして、林が「先生」と呼び、気をつかっているのだから、著名な人物なのだろうが……。

「——お待たせしました」

白衣で現れたのは、女性の医師だった。

「お忙しいところ、申し訳ありません」

と、このみが立ち上る。

すると、女医は目を見開いて、

「佐野さんじゃないの」

と言ったのである。

3 迷い

数秒間、佐野このみは無言で立っていた。

名前を呼んだ女医のことは、もちろんこのみも見覚えがあった。しかし、返事をしたものか、それとも何も分らないふりをして、とぼけてしまうか……。

だが、迷ったのはほんのわずかの間で、

「ごぶさたして」

と、このみは会釈《えしやく》した。

西田礼子《にしだれいこ》に向って、「他人の空似」は通用しない。

「こんな所で……。でも嬉しい！　佐野さん、どうしてるかって、ずっと気になってたのよ」

と、西田礼子は言った。

たぶん、今、四十七、八だろうと思った。あの病院で忙しく救急医療に駆け回っていたのは三十になるかどうかのころで、何か困ると、そっと小声で、

「ね、佐野さん、お願い」

と言って来たものだ……。

「この病院にいるの？」

と、西田礼子が訊いた。

「いいえ、〈ホテルN〉で仲居をやってるんです」

「まあ、もったいない」

と、西田礼子は言った。「それじゃ、自殺しようとした人、あなたのホテルに泊ってたのね」

「そうなんです」

と、このみは肯いて、「どんなご様子か、見て来るように言いつけられまして」

「ああ……。そういうこと」

と、西田礼子は納得した様子で、「下原さんっていったかしら、あの人」

「下原綾子様とおっしゃって……」

「ね、時間ある？　せめて下でコーヒーでも。色々訊きたいこともあるし」

答えられないことが多々あるのだが、西田礼子もそれは承知だろう、とこのみは思った。

「では……」

西田礼子について、地階の喫茶室に行くことになった。

店の中には、パジャマ姿で点滴のスタンドを引張って来てコーヒーを飲んでいる人も何人かいた。

——ホテルでの仕事の話をしたり、看護師だったころ親しかった友人の近況を聞いたりしてから、

「どうして看護師に戻らないの?」

と、礼子に訊かれた。「あなたみたいなベテランなら、どこでだって重宝《ちょうほう》されるでしょ」

「だって、もう五十ですよ」

このみは、答えにならないと分っている答えをした。

「まだまだ元気じゃないの。——私、本当に佐野さんには感謝してるのよ。医者になりたてのころ、どんなに助けてもらったか……。正直、あなたがいてくれなかったら、私、医者をやめてたかもしれない」

「そんな……」

このみはコーヒーを飲みながら、「西田さんはよく頑張ってましたよ。私も少しはお力になったかもしれませんけど、ご自分の努力ですよ」

「変らないわね」

と、礼子は言った。「看護師のころから、あなたは決して人に向って威張ったり、人を見下したりしなかった。もちろん、後輩には怖かったけどね」

「だって、人の命を預かってるんですからね」

「でも、看護師って仕事を愛してたでしょ？」

「それはもちろん……」

「あなたが、突然やめてしまったときは、本当にびっくりした。あなたに連絡を取ろうとしたけど、住いも分らなかった。──あのとき、何があったの？」

「訊かないで下さい。もう昔のことです」

「そうね。ごめんなさい。あなたのプライバシーに立ち入るつもりはないんだけど。ただ……これからでも、病院に戻るつもりがあれば……」

このみは何も言わなかった。礼子は、ポケットから名刺を出して、

「もし、何か連絡したいことがあったら、いつでも」

と、このみに渡した。

「どうも」

このみは名刺を受け取ると、「あの下原って女の人はどうですか？」

「そうね……。体調はもう一週間もすれば戻るでしょう。ただ、精神的な面で……」

「一緒にホテルに来た男性が、朝早く発《た》ってしまって、あの女性は捨てられたショック

で海へ……。でも、何だかスッキリしないんです」

と、このみは言った。

「私もよ。調べてみると、フリーライターで、ちゃんと実績のある人らしいの。男に振られたくらいで、死のうとするとは思えない」

「そういうお仕事の方ですか。私が気になってるのは、相手の男の人のことなんです」

「佐野さん、会ってるの？」

「はい。玄関でお迎えしたのも私でした。支配人はその方を『先生』と呼んでいましたけど」

「『先生』はいくらもいるものね。医者もそうだし、作家、弁護士、国会議員……」

「それが気になって。——下原綾子さんは何もおっしゃってないんですね？」

「ええ、そこまでは訊けないし」

「私、その男の人の名前は知りません。でも、自殺未遂ということを結局うやむやにしてしまったわけですから、何かそれなりに地位のある人なんでしょう。だけど、いくら考えても、あの顔をテレビなどで見た記憶がないんです」

「つまり……そうあちこちに顔を出すような人じゃないってことね」

「そう思います。——支配人にそれとなく訊いてみるんですけど、口にしないように用心しているらしくて」

「謎《なぞ》めいてるわね」

と、礼子は首を振って、「でも、どんな大物でも、女性を捨てて、自殺に追い込むなんて、許せないわ」

「同感です」

と、このみは肯いた。「もし、あの女性が相手のことを話してくれたら、私にも教えて下さい」

「分ったわ。もちろんよ」

と、礼子は言った。「あ、もう行かないと。それじゃ、佐野さん……」

「あ、それから」

と、このみは思い出して、「支配人が気にしてたんですけど、このことが外に知れてないかと。誰か取材に来たとか――」

「そういう話は聞いてないけど。気を付けておくわ」

「よろしくお願いします」

「コーヒー、ゆっくり飲んで行って」

西田礼子が足早に出て行く。――このみはちょっと息をついて、コーヒーの残りを飲み干した。

赤いスーツ。

それに何となく目がとまった。――もちろん、赤いスーツを着た女性はいくらもいるだろう。

ただ、その「赤」が何となく……。

爽香はその雑誌のページをまじまじと眺《なが》めた。これって……。

「どうかしたんですか？」

と、声をかけたのは、爽香の大切な（かつ口うるさい）部下、久保坂《くぼさか》あやめ。

「え？　――ああ、別に」

休みから戻って、まだ少しボーッとしている風ではあったが、「この人、知ってる？」

と、開いたページをあやめに見せる。

「――モダンアートの美術館ですか？」

「いえ、記事の中身じゃなくて、書いてる人」

「ああ。――〈ＡＹＡ〉って女性ですね。今、よく見ますよ。女性誌の記事のライターさんで」

と、あやめは言った。「知り合いなんですか？」

「そういうわけでもないけど……。ちょっと似た人だな、と思ってね」

赤いスーツの上半身の写真が載っているのだが、小さいのではっきりしない。ただ

――そのスーツの赤さが、あの海へ入って行った女性を連想させ、そのせいか、顔立ちもよく似て見えるのである。

もちろん、あのときは青ざめて、ほとんど表情がなかったから、同じ女性だとは言い切れないが。

その後、どうしたのだろう？

「もう、済んだことだわ」

と、爽香が呟《つぶや》いたのを、あやめは聞き逃さなかった。

「チーフ、何があったんですか？」

「え？　――何の話？」

「隠さないで下さい。今、『もう済んだ』とか言ってたじゃないですか。やっぱりお休みの間に、また何か危いことに首を突っ込んでたんですね？」

「そうにらまないでよ」

と、爽香は苦笑した。

――お昼休み、二人で会社近くのパスタの店に入ってランチを食べていた。

「人助けよ、ただの」

「本当ですか？」

「もちろん。それも助けたのはうちの旦那《だんな》で、私じゃない」

爽香は、海へ入ろうとした女性を救った話をして、「――わざわざあやめちゃんに話すことでもないかと思ったのよ」

「だけど……絶対何か普通じゃないことに出くわすんですね」

と、あやめが感心している。「その女性がまさか、この〈AYA〉って人だと？」

「そうじゃないわ。ただ、赤いスーツと、どことなく似てるってだけで。男に振られて、海に入ろうとするかしら、こういう人が？」

「そりゃあ分りませんけど」

二人がコーヒーを飲んでいると、

「やあ、ここにいたな」

と、やって来たのは、社長の田端将夫《たばたまさお》だった。

「社長。珍しいですね」

「昼を食べそこねてな。もう出るのか？」

「お昼休み、あと十分ですから」

「じゃ、ちょっと付合ってくれ。――おい！〈今日のパスタ〉一つ！」

何か話があるらしい、と察して、あやめは、

「じゃ、チーフ、私、先に戻ってます」

と言った。

「うん。よろしく」

——そろそろ田端から何か話があるか、とは思っていた。

〈M地所〉の大きな規模の再開発プロジェクトに〈G興産〉が参加した仕事はほぼ一段落していた。

今年の初めから春にかけては、プロジェクトの仕上げに向けて忙しく、それでもほぼ計画の八割方が完成。〈G興産〉はもともと庭園などの周縁部を担当していたので、ビルの内部の細かいところはまだ色々あるようだが、爽香のチームはホッとしたところだった。

もっとも、〈G興産〉にとっては、手間のかかった割には利益は多くない仕事で、人件費を考えたら収支はトントンというところだろう。しかし、爽香としては精一杯やった。

「来月から」

と、田端がパスタを食べながら言った。「庭園の管理も、マンション会社の方でやることになった」

「そうですか。——分りました」

「何か言っとくことはあるか？」

「いえ、別に……。ただ、あの管理会社、ちょっと心配ですけど」

「トラブルが多いらしいな。まあ、任せてしまえば、後は向うの責任だ」

田端としてはそうなるのだろうが、爽香は自分が手掛けた庭園が、いい加減な管理で荒れてしまったりするのは見たくなかった。

「――それで、相談だが」

と、田端はパスタを食べ終えて、「コーヒーをくれ」

まさかクビじゃないわよね。

勤め人の哀しさで、ついそう心配してしまう。

「今度は何をやりたい？」

と、田端に訊かれて、爽香は面食らった。

あれをやれ、これをやれ、と言われて来たのだ。そんなことを訊かれるとは思ってもいなかった。

爽香はちょっと心配になって、

「それって……私、窓際に行くんでしょうか？」

と訊いた。

田端がふき出しそうになって、紙ナプキンで口を拭《ぬぐ》うと、

「そうじゃないよ。どんなことがしたいのかと思って……。いや、いくつも手元にプランはあるんだ。そのどれかを選ばせようと思ったんだよ」

「そうですか。──てっきりクビかと」

「そんなことしたら、お袋に叩《たた》き出されちまうよ」

と、田端は言った。「本当は〈M地所〉から、また君を欲しいと言って来てるんだ」

「え？」

「出向《しゅっこう》の形でいいから、二、三年来てくれないかと。しかし、それはこっちで困ると言って断った」

「そう……ですか」

「惜《お》しかったか？」

「いえ……。本当に来て欲しいのなら、私にじかにコンタクト取って来ますよね」

「来てるのか、話が？」

「残念ですが、何も」

「それならいい」

と、田端は満足げに、「ただ、社内じゃ君の副業について苦情が出てるぞ」

「何ですか、それ？　私、コンビニでバイトなんかしてませんよ」

「そら、例の探偵《たんてい》業だ」

「それは……。私だって、好きでやってるわけじゃ……」

と、爽香はいささか憮然《ぶぜん》として、「それに殺人を防いだって、一円にもならないんですから」

「分ってるよ」

と、田端は笑って、「誰にも君の真似《まね》はできない。みんなやきもちをやいてるのさ」

いい年齢《とし》をした大人の——それも男の嫉妬《しっと》くらい性質《たち》の悪いものはない、と爽香はつくづく考えていた……。

4 コラム

「どうなってるんだ！」

と、望月《もちづき》は怒鳴《どな》った。

もちろん、小さなオフィスの中、居合せた者全員に、その怒鳴り声は聞こえているはずだが、誰も返事をしなかった。

望月も、返事があることを期待してはいなかった。誰にも分るはずがなかったからだ。

「畜生《ちくしよう》！〈AYA〉の奴、何してるんだ、一体！」

望月はかなり焦っていた。〈M〉という女性誌にコラムを連載している〈AYA〉の原稿が送られて来ないのである。

「夕方までに入らなかったら……。どうすりゃいいんだ」

と、望月はこぼした。

——望月修介《しゆうすけ》は、編集プロダクション〈Q〉の編集部長である。

大手出版社の下請けの立場である編集プロダクションは、雑誌の中の小さなコラムや

〈占いのページ〉などを担当している。

社員八人というのは、いわゆる「編プロ」としては小さい方ではない。

しかし、長引く出版不況で、出版社も下請けを切り始めている。その中で、〈M〉の仕事は大きかった。出版社とのパイプを保つためにも、欠かせない仕事だった。

その一つが、〈AYA〉の書くコラムで、若いセンスの文体や語り口は人気があった。

その〈AYA〉から、原稿が入って来ない。もちろん、望月はパソコンやケータイで必死に連絡を取っていたが、全くつながらない。

「――病気ですかね」

と、しばらくして、やっと一人がポツリと言った。

「しかしな、何がどうなっても、原稿を夕方までに入れないと……」

と、望月が言いかけたとき、オフィスのドアが開いて、

「今日は」

と、若々しい声が響いた。「写真のサンプル、お持ちしました」

「ああ、君か」

と、望月は息をついて、「ななみちゃんだっけ？」

「なごみです。岩元《いわもと》なごみ」

「あ、そうか。失礼」

「いえ、一向に」

写真の配信サービスをする会社に勤めている岩元なごみは、この編プロ〈Q〉に月に二、三回はやって来ている。

今は写真もパソコンにデータで送れるのだが、望月は、

「自分の目で、プリントしたものを見たい！」

と言って、部下からは、「要するにパソコンをうまく使えないってだけでしょ」と、かげ口を叩かれている。

「秋らしいカット、こんなのでどうでしょう」

と、なごみが大きめの鞄からプリント見本を取り出して、望月の机に並べたが——。

「どうかしたんですか？」

と、なごみは訊いた。

「え？　何のことだ？」

「いえ……。何だか、心ここにあらずってご様子なので」

それを聞いて、社員から、

「なごみちゃん、鋭い！」

と、声が上った。

「いや、困ってるんだよ」

望月はため息をついて、「〈AYA〉がつかまらない」

「あのコラムの？　珍しいですね」

「そうなんだ。カットの写真も、〈AYA〉のコラムの内容を見ないと……」

と言いかけて、「なごみちゃん……だっけ？　君、悪いけど、〈AYA〉のマンション
に行って、部屋にいないか、見て来てくれないか」

「ああ……。いいですけど……。どの辺ですか？」

「南麻布《みなみあざぶ》だ。地図あるよ」

望月からコピーをもらうと、なごみはちょっと考えて、

「でも——この部屋を呼んで、誰も出なかったら、どうすればいいんですか？」

と言った。「可能性としては、病気で倒れてるってこともありますよね。一人暮しで
すか？」

「ああ、そのはずだ」

「それなら、一分でも早く見付けて、手配しないと。それには、鍵を開けて中へ入らな
きゃいけませんけど、そこまでやった方がいいんですか？　管理人だけでなく、警官に
立ち会ってもらわないと……」

「そうだね……。そこまでは……」

「でも、ただチャイム鳴らして帰って来るだけなら、ケータイにかけても同じことです

よ。これまでの〈ＡＹＡ〉さんから考えて、原稿を落とすことって、ありそうですか？」

「いや……ない。これまで必ず間に合わせたし、もしどこかへ遠出しているなら、出先から送って来た」

「じゃ、原稿が来ないって、かなり危険な事情があるってことでしょう。中へ入って、何もなければ謝ればすむことですし」

なごみの言い方には説得力があった。

「うん……。そうだな」

望月は口ごもった。――警官が立ち会う、という話になると、ついためらってしまうのだ。

そして、一方、なごみの方では、内心、

「あれ？　私ってこんなものの言い方、するんだっけ？」

と、自分でびっくりしていた。

そして思い当った。――私、爽香さんみたいだ。

恋人の杉原涼《りょう》の叔母《おば》、杉原爽香をいつも見ているので、つい似たような言い方になってしまうのかもしれない。つまり、それだけ爽香の「筋の通った」生き方に憧《あこが》れていたのだ。

さい」

「じゃ、ともかく行ってみます」

と、なごみは言った。「様子を見て、向うから電話しますので、そのとき判断して下さい」

「分った。よろしく頼むよ」

望月はホッとした様子で言った。

なごみは、

「サンプル、後で取りに来ます」

と言って、足早にオフィスを出て行った。

「——しっかりした子ね」

と、社員の女性が感心したように、「まだ二十四、五でしょ？　うちに欲しいわ」


少し古いマンションだった。

ロビーへ入って行くと、受付のカウンターはあるが、人がいない。電話器が置いてあって、〈ご用の方は9番へかけて下さい〉という手書きの札が立ててある。

どうしようか、となごみは迷ったが、オートロックにもなっていないので、ともかく直接〈AYA〉の部屋へ行ってみようと思った。

〈AYA〉の本名は〈下原綾子〉ということだ。三階へエレベーターで上る。部屋は

304号室。

ところが、三階で降りたなごみは当惑することになった。ドアが並んでいる。エレベーターのすぐ前が301で、304は当然四番めのドアだろう。そこに男が二人立っていたのだ。

そしてエレベーターから出て来たなごみの方をチラッと見ると、目をそらした。

304のドアの前で、何をしているのか。なごみはどうしたらいいか、考えた。

二人の男は明らかになごみが邪魔らしい。同じ304に用があるとは思っていないのだろう、なごみが早くいなくなればいいと思っているのが、見ていて分る。

一体何をしているのだろう？

なごみは、ドアの並んでいる前を歩いて行った。――304の前の二人の男のそばを通って、先の部屋を捜しているふりをした。

とっさの思い付きだった。

ケータイを取り出し、発信するように見せて、

「あ、もしもし。今、三階に来たんですけど、表札が違ってて。――え？　四階なんですか？　何だ。分りました」

先に階段があった。なごみは足早に階段を上った。

そして――足音をたてないように、そっと階段を下りて行った。三階の廊下を覗くと、

304のドアの前で、一人がかがみ込んで鍵をいじっている。もう一人はちょっと苛々している様子で、

「早くしろ」

と、せかしていた。

鍵を開けようとしている。――まさか空巣《あきす》ではないだろう。

二人とも、見たところはサラリーマン風で背広にネクタイ。

――どうしよう？

なごみは迷ったが、〈AYA〉に連絡が取れないことと、あの二人が部屋へ入ろうとしていることは無関係ではないだろう。

もしかすると、何か犯罪に係っているのかもしれない。

事情もよく分らずに係らない方がいい、と思いながらも、やはり人の部屋へ、勝手に鍵を開けて入ろうとするのを放ってはおけない、という気にもなる。

男二人に、まさかなごみが直接問い詰めるわけにはいかない。

なごみは、階段をそっと上って、四階の廊下をエレベーターへと急いだ。エレベーターは三階に停《と》ったままだ。

下りボタンを押してエレベーターを呼ぶと、一階へと下りた。そして、ロビーへ出ると、カウンターの上の電話を取って、9番へかける。

なかなか出なかったが、やっと、

「はい……」

と、間のびした男の声がした。「何か？」

「304号室に空巣です」

と、なごみは早口に言った。「まだいます。至急一一〇番して下さい」

「は？　何のことですか？」

向うは面食らっている。「あなた、どなた？」

「304号室です」

と、なごみは答えずにくり返すと、「よろしく」

と言って、切ってしまった。

自分が一一〇番するよりは、気が楽だった。ただ、今の相手がどこまでなごみの話を信じているか、気になった。いたずらだとでも思ったかもしれない。

なごみはマンションを出ると、少し先のコンビニに入って、買物のふりをした。

もし通報されていたら、何分かの内には警察が駆けつけて来るだろう。

雑誌が並んでいる棚を眺めていると、遠くサイレンが聞こえて来た。

「あんなに鳴らして……。逃げちゃうわ」

と呟いた。

パトカーがマンションの前で停った。警官がマンションへと入って行く。

なごみは、〈Q〉の望月に電話を入れた。

「──やはり、〈AYA〉さん、いないみたいですよ」

「そうか。すまなかったね」

「いいえ。じゃ、そちらに戻ります」

コンビニを出ようとして、足を止めた。

３０４のドアを開けようとしていた男たちが、マンションから出て来たのだ。サイレンを聞いて、あわてて出て来たのだろう。

ケータイを手に持っていたなごみは、素早くその二人の男の写真を撮った。


なごみは、〈Q〉へ戻るバスの中から、今の出来事を爽香にメールで知らせた。

すぐに、爽香が電話して来た。

「──なごみちゃん、大丈夫？」

「あ、ごめんなさい。びっくりさせて」

バスは空《す》いていたので、なごみは奥の方の席へ移って、事情を話した。

爽香は黙って聞いていたが、

「──その男たちから見られなかった？」

「ええ。私はコンビニの中にいたので」

「そう……。あなたはそれ以上係らない方がいいわ。その男たちの写真を、私に送って」

「いいんですか？　何だか厄介《やっかい》なこと、押し付けたみたいで……」

「慣れてるわよ」

と、爽香は言った。「でも、原稿が入らないと困るんでしょうね」

「そうですね。〈AYA〉さんって、若い人に人気があるんで」

「〈AYA〉って、ペンネーム？」

「ええ。本名は下原綾子とかいうらしいです」

少しふしぎな間があった。

「――なごみちゃん。その人なら、入院してるわ」

と、爽香が言ったので、なごみの方がびっくりした。

「爽香さん――」

「あなたは知らないことにして。もしかすると、また面倒なことになるかもしれない……」

爽香がため息をつくのが、はっきり聞こえて来た……。

5 同情

「そんなことが……」

と、岩元なごみは言った。

編集プロダクション〈Q〉に戻るバスの中で、なごみは爽香から、海に入った女性を明男が救った事情を聞いていた。

なごみはケータイで話しながらバスの外へ目をやって、

「あ、次、降りなきゃ」

「なごみちゃん。それ以上係り合わないで」

と、爽香が心配して言った。

「はい、そうします」

「あのホテルに問い合せても、きっと何も知らないと言うでしょう。私、たまたまホテルの人が救急隊員に名前を言うのを聞いたの」

「でも、入院してるんじゃ、コラムは無理ですね」

「仕方ないわね。人間、急病で倒れることだってあるし」

「そうですよね。――じゃ、また」

通話を切って、なごみはバスを降りた。

〈Q〉のオフィスへ入って行くと、

「何とかして連絡を取ろうと頑張ってるんですが。――申し訳ありません！　――よく分ってます！」

編集部長の望月がケータイを手に、机にぶつけそうな勢いで頭を下げている。きっと、女性誌〈M〉の編集長あたりに謝っているのだろう。

「はい！　何としても、明朝までに原稿を――」

切られてしまったらしい。望月は、ぐっと椅子に身を任せて、

「ああ……。どうなってんだ、畜生！」

と、どうとでも取れる愚痴《ぐち》を言った。

「望月さん……」

「なごみちゃんか。悪かったね、むだ足させて」

「いえ……。〈M〉からですか」

「〈AYA〉のコラムが落ちたら、もううちを切るって言いやがった。気楽なもんだ、大手は」

「でも……〈AYA〉さんだって人間ですよ。病気したり、事故にあったり……」

「確かにそうだと分ってればともかく、口実にしようたって受け付けちゃくれないよ」

望月の追い詰められている様子に、なごみは胸を痛めた。

なごみが〈Q〉へ通い始めたころ、望月は胃をやられて手術をした。ひどくやせて仕事に戻ったばかりだった。

このところ、大分体型も元に戻ったらしかったが……。この様子では、また胃に穴でも空きかねない。

「もう一度マンションに行ってみましょうか」

と、なごみは言った。

しかし、あの男たちが〈AYA〉の部屋へ侵入しようとしていたことは言わない方がいいだろう。それこそ、どんな犯罪が係っているか分らない。

「いや、もういいよ」

望月は諦《あきら》めた様子で、「君はうちの社員でもないのに、すまなかったね」

「そんなこと、いいんですけど」

と、なごみは言った。「もし原稿が入らないと……」

「なに、俺が〈M〉の編集部に行って土下座でもするさ。社員の生活がかかってる」

望月は無理に引きつった笑顔を作って見せた。

冗談でなく、本当にそんなことをしなければすまないだろう。

「じゃ……失礼します」

と、なごみは写真のサンプルを持って、〈Q〉を出ようとした。

そして、思い出した。

「――望月さん。まだ写真、選んでいただいてません」

「あ、そうか！　ごめん、ごめん」

望月は頭をかいて、「何だか頭の中が真っ白になっちゃって……。そうだなあ。一応何か季節感のあるのを、二、三枚……。紅葉じゃ、旅行雑誌みたいだね」

「とりあえず、何枚か選んで下さい。どれ使うかはまた後で」

「そう？　じゃ、そうするか」

望月が七、八枚の写真を選ぶ。

「じゃ、また――」

「うん。連絡するよ」

と、望月は言った。「いい連絡ができるといいんだがね」

「そうですね……」

なごみは、「じゃ、どうも……」

と、再び〈Q〉のオフィスを出ようとした。

そして――もう一度、望月のデスクへと戻って行った。

「何だい？」

と、望月が顔を上げる。

なごみはちょっと息をつくと、

「〈AYA〉さん、入院してるんです」

と言った。


テレビ局の正面玄関に、黒塗りのハイヤーが停った。

運転手が降りて後部席のドアを開ける。

玄関の中から、初老の白髪の男があわてて出て来た。

「これは先生！　気付きませんで」

車から降りて来たのは、大柄で、太ってはいないが、どこか武道家のような印象を与える男だった。

局の男にちょっと手を振って見せて、ロビーへ入ると、

「まだ、時間あるな？」

と、訊いた。

「はい、あと十五分ほど」

「じゃ、そこにいるから、コーヒーを頼む」

「かしこまりました！　すぐに」

ロビーのソファは待ち合わせなどに使うので、飲物など出さない場所だが、郡山《こおりやま》透《とおる》にとっては、テレビ局の中ならどこも同じなのだった。

実際、ソファに腰をおろして一息つくと、すぐにウェイトレスがコーヒーを運んで来た。

「やあ、悪いね」

ウェイトレスは、この局の地下にあるカフェから運んで来ているのだ。

「牛乳でよろしかったでしょうか」

「うん、これでいい」

ウェイトレスの方でも、郡山のことは承知しているのだ。

郡山は、コーヒーに牛乳を注《つ》ぐと、かき混ぜないで、そのまま飲んだ。

大した味ではない。しかし、わざわざここで飲むことに意味があった。

それは郡山にとって、自分がこの局の中でどれだけの力を持っているかを測ることだった。

ポケットでケータイが鳴った。ちょっと顔をしかめたが、出ないわけにもいかない。

「――何だ」

「やっと出たのね」

と、妻の声がため息まじりに聞こえて来た。「どこにいるの、今?」

「〈テレビK〉だ。いつもの会合だよ」

「本当に? まあ、どうでもいいわ」

「それなら訊くな。用事か?」

「今日は〈招待会〉よ。三田村《みたむら》さんの奥様と一緒。分ってる?」

「俺は行かないよ」

「そんなこと知ってるわよ。ただ、注文しないわけにいかないのよ。二つ三つは。後で文句言わないでね」

と、しおりは言った。

「宝石ったって、アクセサリーだろ? 常識的な額なら構わんさ」

「常識的な額ね。憶えといてね、自分で言ったこと」

「おい、そういう言い方が――」

「もう出ないと。梓《あずさ》さんを待たせられない。それじゃ」

せかせかと切ってしまう。

郡山は苦笑してケータイをポケットに入れた。――ふと気が付くと、コーヒーを運んで来たウェイトレスが、少し離れた所で郡山を見ている。

郡山の声は大きい。今の話は聞こえているだろう。

可愛《かわい》い娘だった。二十二、三というところか。エプロンを付けた制服姿は、今どきのアイドルグループのようだ。

「何だい？」

と、声をかけると、

「聞こえちゃって。すみません」

「別にいいけど……」

「『常識的な額』って、いくらぐらい？」

と、ウエイトレスは、いたずらっぽい笑顔を見せて訊いた。

「さあ、いくらかな」

と、郡山はコーヒーを飲みながら、「いくらだと思う？」

「私たちの『常識的』とはひと桁——いえ、ふた桁ぐらい違いますよね、きっと」

「俺はアラブの石油王とは違うぜ」

と、郡山は言った。「どうしても知りたかったら、一度夕飯でも付合ってくれよ」

「喜んで！　でも、冗談ですよね、どうせ。天下の郡山先生が、こんなウェイトレスなんか相手にしないでしょ」

「俺は職業で差別なんかしないよ。もし、その気があったら、ここへメールして」

と、郡山は個人用の名刺をポケットから出して、ウェイトレスへ渡した。

「嬉しい！　じゃ、本当にメールしますよ」

「ああ、いいとも」

ウェイトレスは、ほとんどスキップするような足取りで行ってしまった。

郡山はちょっと首を振って、

「いいな、若いってことは……」

と呟いた。

「――先生」

さっきの白髪の男がやって来た。このテレビ局〈テレビK〉の編成局長である。

馬垣公也《まがききみや》といって、六十七、八だろう。局の編成局長は取締役並みである。

「そろそろ会議のお時間が……」

「分ってる」

郡山はコーヒーカップを少し持ち上げて、「これを飲んだら行く。迎えに来なくても、場所は分ってる」

「かしこまりました」

これ以上しつこく言って、郡山を怒らせたくなかったのだろう、馬垣は一礼して姿を消した。

あと五分で会議だ。——しかし、どうせ自分が行かなければ会議は始まらないのだと郡山は知っていた。

——結局、郡山が局の会議室へ入って行ったときには、定時を五分過ぎていた。

集まった局の重役の面々が一斉に座り直す。

「やあ」

と、郡山は誰にともなく声をかけて、席についた。

「では……」

と、白髪の編成局長、馬垣が口を開いた。

「郡山先生にはお忙しいところ、いつもおいでいただき、ありがとうございます」

郡山は無視して、目の前のパソコンの画面を見ていた。

この一か月の主な番組、すべての視聴率が出ている。

ボタン一つで、それぞれのここ一年の分も表示される。

郡山の気に入っているドラマは、一〇パーセントにどうしても届かない。——あんなに面白いのに、と郡山は首を振った。

「では、本日のテーマ……」

郡山は、馬垣の話などほとんど聞いていない。思い浮かぶのは、たった今ロビーで会ったウェイトレスの女の子のことだった。

本当にメールして来るだろうか？　もしして来たら、六本木辺りのクラブに連れて行って……。そして？

郡山は、自分が鼻の下の長い、どこか田舎《いなか》の会社の社長みたいなことを考えている、と思って苦笑した。もちろん、あの女の子は郡山がこのテレビ局でどんなに「大物」扱いされているか知っている。

郡山が誘えば、どこにでもついて来るだろう。しおりの奴は、最近では郡山のそんな遊びにいちいち腹を立てなくなった。

何も言われないと、それはそれで面白くないものだ。郡山は、しおりがやきもちをやいて、不機嫌に黙り込んでいるのを、うまくなだめすかして、食事か買物で機嫌を直させるのが楽しいのだった。

しかし、まあ——それこそ、「仏の顔も三度」というところか。

今、しおりは、夫よりも三田村梓と親しく付合って出歩くことが楽しいようだ。それはもちろん、三田村梓の夫が、今の政権党の幹事長をつとめているからに他ならなかった……。

「では……」

と、馬垣が言った。「それぞれ、皆さん、ご意見をお願いします」

郡山の他にも、この局の幹部ではない外部の人間が、会議に加わっている。評論家、シナリオライター、放送作家、かつてテレビをにぎわせたタレント……。

郡山の発言はいつも最後だ。そして、局の人間たちが一番気にするのが、郡山の言葉なのだった。

「では、郡山先生……」

と、馬垣が言った。「いかがでしょうか」

会議室の空気が変る。それは誰にも分っていた。

郡山はひと呼吸置いて、

「まあね……」

と、呟くように言った。

誰もが黙って、郡山から目をそらしている。

「俺もね、同じことを何度も言いたくないんだよ」

と、郡山はゆっくりした口調で言った。「どういう意味か分るだろ？　先月のこの会議でも、先々月にも、同じことを言ってるんだ。それなのに、ちっとも変ってない。どういうつもりで聞いてるんだ？」

責めるようではなく、むしろ優しい口調なのが、却ってその場の空気を重苦しくさせた。

「あのキャスターに、話は伝わってるの？　言ってないんじゃないのか？」

「いえ、それは……」

と、馬垣が口ごもる。

「あのキャスターが女性に受けることは知ってるよ。だから、そっちとしても、外したくない。でもね、何度も言うけど、あれだけ局の顔になってる番組なんだ。公平を求めて当然じゃないか？」

「はあ、それはもちろん……」

「昨日もね、電話で話したよ。総理とね。何も言ってなかったけど、分るんだ。伝わって来るんだよ。限界だ、って思ってるのがね」

郡山はテーブルを見回して、「誰だって、毎日毎日、テレビで自分の悪口言われたら、辛いよ。そうだろ？　俺はね、何も総理の批判をしちゃいかんと言ってるんじゃない。日本には言論の自由があるからね。ただ、ああして一方だけを悪く言うのは不公平だって言ってるんだ。分るだろ？」

「それはもう……」

「この局にはね、総理も思い入れがあるんだ。いいドラマもやってたしね。だから、ここを嫌いになるようなことにはなってほしくないんだよ。俺はこの局に責任がある。公平で中立な報道という方針をちゃんと実現してくれないと……。俺がとても顔を合せられないんだよ」

馬垣は汗を拭って、

「早急に手を打ちますので……。確かに、承《うけたまわ》りました」

「うん、頼むよ。次の会議で、同じことを言わせないでくれよな」

「はい、それは間違いなく……」

「まあ——それだけだな。みんな、よくやってるよ」

郡山は目の前のパソコンをパタッと閉じた。

誰もが分っていた。それが、ニュース番組のメインキャスターの未来を閉ざしていたのだということを。

6 原稿

廊下から聞こえてくる声で、下原綾子は目を覚ました。はっきり眠っていたのではなかったのだが……。

何だろう？　大声を出しているわけではないが、何かもめているようだ。

こんな時間に……。たぶん、真夜中とまではいかないが、面会時間はとっくに過ぎているはずだ。

「困ります……」

「いや、これは大切なことなんです！　どうか、ほんの五分でもいい……」

「でも、患者さんが――」

押し問答が、段々この病室に近付いて来ていた。そして、綾子はふと、

「あの声って……」

どこかで聞いたような……。

綾子は思い当って、

「まさか！」

と呟いた。

そして、手は無意識にナースコールのボタンを押していた。

「どうしました？」

と、看護師の声。

綾子は少しためらったが、

「——見舞にみえた方を、入れてあげて下さい」

と言った。

少し間があって、病室のドアが開いた。

「〈ＡＹＡ〉さん……」

「明りは点《つ》けないで。光が辛いの」

と、綾子は言った。「望月さん、どうしてここへ？」

「すまない」

と、望月は薄暗い中、そっとベッドへ近付くと、「こんな所まで押しかけて、ひどい奴だと思うだろうけど……」

「ああ……。コラムの締切だったわね」

「うん。連絡が取れなくて、焦ってね」

「それは悪かったわ。――締切のことなんか、頭になかった」

「君……海で溺れかけたって？」

「死のうとしたのよ。でも助けてくれた人がいて、ここへ……。何だか疲れたわ」

「何があったのか、僕は知らないけど……」

「どうして分ったの、ここが？」

「たまたまなんだ。たぶん――君を助けた人の知り合いが、うちの事務所に出入りしてて」

「そう。――じゃ、マスコミも聞きつけてるわね」

「それはない。僕は誰にも言わないし、教えてくれた子も、そんなことを軽々しく口にする子じゃない」

「だけど……あなたはコラムを書かせたい」

「それは……。君の原稿を落としたら、〈M〉がうちを切ると言って来てね。うちにとっちゃ、〈M〉の仕事は大きい。社員の生活もあるしね。いや――君がどんな気持でいるか、考えたら、ずいぶんひどい言い方だが」

「自殺未遂した女に、コラムの原稿を書け、って？」

綾子はちょっと笑った。「――いいわ。書くわよ」

「本当かい？」

と、望月が目を大きく見開いた。

「書かせるために、ここまでわざわざやって来たんでしょ」

「まあ、そうだけど……。どんな事情だったのか、はっきりは聞いてなかったから
……」

「私はプロの書き手なのよね。原稿、落とすわけにいかない。あなたのためじゃなく、
自分のためにね」

「よく言ってくれた。こんな無茶を聞いてくれて嬉しいよ」

「パソコン、ある？」

「僕のスマホで良ければ使ってくれ」

と、望月は言った。「今夜中に……やれるかい？」

「鬼の編集者魂ね」

「申し訳ない！　何とか頼む！」

と、望月は手を合せた。

「私、まだ仏様になってないのよ」

と、綾子が言った。「朝までに仕上げる。それで間に合うんでしょ」

「ああ。ここから直接印刷所に送るから。大丈夫。ゲラを見る時間が取れるかどうか分
らないけど」

「間に合わなければ、望月さんに任せるわ。――悪いけど一人にしてくれる?」

「もちろん! 廊下にいるから、いつでも呼んでくれ」

望月が病室を出て行くと、綾子は〈AYA〉として、彼のスマホに向き合った。

「本当に、非常識な人」

と、苦笑しながら呟くと、「でも……」

そう。今、「生きていて良かった」と思っている自分がいた。

あんなことのために――あんな男のために死ぬことないんだ!

私はまだ二十八なんだから!

綾子は、自分を海から救ってくれた人のことを、ぼんやり思い出した。一緒にいた女の人が、「あきお!」と呼んでいた。

どんな男性だったか、ぼんやりとしか記憶にないが、「あきお!」と呼んだ声はよく憶えている。あれは奥さんだったのだろう。

子供の声が聞こえていたような気がする。そう幼いわけでもない、たぶん小学生ぐらいの。何か、きちんとした話をしていたという印象があるからだ。

助けてくれた――と言うべきなのだろうか――男性は、あまりに近くに見え過ぎていたので、ピントが合わない映像としか見えなかった。

ただ――優しい人だった、と思う。

口もきかなかったのに、どうしてそう思うのか。

綾子は、自分を抱き上げ、砂浜に寝かせて水を吐かせてくれた、その手の力に、優しさを覚えたのだ。

綾子を無用に苦しませないように、痛い思いをさせないようにと気づかってくれたことが、あの手の記憶に明らかだった。

それは、いつもあの男が綾子を愛するときの、乱暴な手の記憶とは、あまりに違っていた。綾子はその荒々しさに支配されるのを快感に感じ、服従していたのだったが……。

ふと、私をホテルまで運んでくれた優しい男性は、どんな風に奥さんを愛するのだろう、と考えて赤面した。

「――そうだ」

スマホを手に、綾子はコラムを書き始めた。

タイトルは〈やさしい手〉だった。


「涼ちゃん」

ロビーに下りて来て、爽香は甥《おい》の涼が立っていたのでびっくりした。

「来客です」

と、久保坂あやめに言われて、ロビーへ下りて来たのだったが、まさか涼がいるとは……。

「仕事中にごめんね」

と、涼は言った。

「いいけど……。何かあったの？」

「どうしても僕について来いって言うもんだから」

涼の後ろから、岩元なごみがそっと顔を出した。

「なあに、一体？」

と、爽香は目を丸くした。

「爽香さんに謝らなきゃいけないんで」

と、なごみは言った。

爽香はさっぱり分らなかった。

——結局、〈ラ・ボエーム〉で、三人でコーヒーを飲むことになった。

「望月さんが気の毒で」

と、なごみは事情を説明して、「つい、しゃべっちゃったんです」

「そう」

爽香は肯いた。「それで、その望月って人、〈AYA〉さんの入院してる病院を捜し当てたわけね」

「爽香さんたちがどこに泊ったか、涼君から聞いたんです。それで、ホテルの名前を教えたら、ともかく夜、車を飛ばして、その近くの病院を捜したそうで」

「大変ね！　それで――」

「〈ＡＹＡ〉さんを見付けて、コラムを書いてくれって頼んだそうです。原稿、朝までに仕上がって、入稿して間に合った、って。私に望月さんからお礼のメールが」

「なら良かったじゃないの」

と、爽香は言った。「あの人も、仕事をする気力を取り戻したってことだものね」

「ええ、望月さんも嬉しそうでした。彼女が立ち直った、って」

と、なごみは言った。「でも、爽香さんから、もう係るなって言われてたのに……」

「それで、僕がついて来たのさ」

と、涼が言った。

「私になごみちゃんのこと、どうこう言えやしないわよ」

と、爽香は苦笑した。「ただ、その〈ＡＹＡ〉さんのマンションに侵入しようとした男たちのことが気になるわね」

「ええ。結局、パトカーが来て、たぶん二人とも部屋へ入れずに逃げたんじゃないかと思いますけど」

「中へ入ったかどうか、〈ＡＹＡ〉さんが戻れば分るわね」

「でも、あの二人の様子が……。どう見ても、空巣や泥棒とは思えなかったんです」

「写真、送ってもらって見たけど、私もそう思ったわ。むしろ刑事とか、そんな職業の人間じゃないかしら」

「私もそんな印象を――」

「ともかく、あなたはそこで二人に顔を見られてる。これ以上係らない方がいいわ」

「はい、そうします」

「そうだよ」

と、涼がなごみへ言った。「ハラハラするのは、おばちゃんだけで充分だ」

「こら！」

と、爽香は涼をにらんだ。


「なごみちゃんにも、チーフの病気が伝染したんですね」

と、あやめが言った。

「人のこと、ウイルスみたいに言って」

と、爽香はあやめに言った。「ともかく、この二人の男の写真――」

「私のケータイに送って下さい」

と、あやめは言った。「そして、チーフは消去して下さい。私なら、つながりがありませんから」

二人でランチをとっていた。

あやめは、送られた写真を見ていたが、

「――こっちの一人は、どこかで見たことがありますね」

と言った。

「どっち？」

「年長の方です。少し偉そうにしてる方」

「そう？　あやめちゃんは人の顔、よく憶えてるものね」

「知り合いってわけじゃないと思いますけど。――その内、思い出すでしょ」

と、あやめはケータイを置いて、「それで、次の仕事はどうなったんですか？」

と訊いた。

7　降　板

「飲むなら、二日酔にならないところでやめろよ」

と言われていた。「テレビの画面には、しっかり映るんだからな」

「大丈夫です」

と、そのときは笑って答えた。「そんなに飲みませんよ」

しかし、正確に言うと、「飲んでも翌日の番組に差し支えることはありません！」が正しい。それが二年前。

でも——たった二年で、スザンナは、以前はなかった「二日酔の頭痛を隠して」笑顔を作ることになっていた……。

「ゆうべは大丈夫だと……」

ベッドに起き上って、頭痛に顔をしかめながら呟く。

「シャワー浴びれば大丈夫！」

一人暮しのマンションで、お昼過ぎに起きたスザンナ・河合《かわい》は、まず裸になってバスルームへ入って行った。

バスタブに入って、熱いシャワーを浴びる。

目を覚ましてから、鏡を見ると、

「うん、これなら合格！」

自分で言ってれば世話ないが。

スザンナはキッチンでコーヒーを淹《い》れると、濡れた髪を乾かしながら一杯飲んだ。

ケータイが着信の点滅をしているのに気付いたのは、トーストを焼いているときだった。

プロデューサーの奈倉《なぐら》から、三回もかかっている。突発的な事件？

すぐに奈倉へかけた。——奈倉は、今スザンナがレギュラー出演している〈ニュースの海〉のプロデューサーだ。

しかし、なかなか出ない。

トーストが黒こげになりそうで、あわてて取り出すと、同時に向うが出た。

「スザンナ、どこだ、今？」

奈倉の声は、いつになく張りつめていた。

「さっき起きたところですけど。何かあったんですか？」

「聞いてないのか」

「え？」

「保田《やすだ》が降板する」

思いがけない言葉に、スザンナは絶句した。

「――もしもし？　聞こえたか？」

「ええ。保田さん、いつまで？」

「もう終りだ。今夜から出ない」

スザンナは唖然とした。

「そんな突然に……。倒れたんですか、病気で？」

と訊いてから、それならそうと奈倉が言うだろうと思った。

そして思い付いた。昨日のことを。

「奈倉さん、もしかして昨日の……」

「分るだろ」

「〈番組合評会〉ですね。――郡山さんが出席した」

奈倉は肯定も否定もしなかった。答えているのと同じだ。

「突然になんて……。ひどい」

と、スザンナは言った。「保田さんは、どうするって……」

「どうしようもないさ。局アナだ。異動を命じられたら、拒《こば》めない」

「きっと辞めますね、保田さん」

知的な雰囲気の保田邦彦《くにひこ》は、中年の女性を中心に幅広い人気があった。〈ニュースの海〉が、同時間帯のニュースショー枠の中で高い視聴率を取っていたのは、保田のキャラクターによるところが大きかったのだ。

「まあ、これからどうするかは、保田が自分で考えることさ」

と、奈倉は言った。「ともかく、今夜から大幅に構成を変えなくては。できるだけ早く来てくれ」

「分りました」

——切ってから、スザンナは深々と息をついた。今になって、ショックが襲ってくる。

スザンナ・河合は、今二十八歳。父親が日本人、母親はイギリス人だ。

保田がロンドンでの国際会議を取材に来たとき、アシスタントについた。もともと報道の世界に憧れていたこともあって、大いに張り切って駆け回り、保田に気に入られた。

そして、日本に呼ばれて、今の〈ニュースの海〉に出演することになったのである。

スザンナは〈テレビK〉に雇われているわけではないので、この局で、郡山透がどうして大きな権力を振っているのか、理解できなかった。

郡山のひと言で、メインキャスターが即日降ろされる。——こんなことがあっていいの？

腹が立って、スザンナは、少し焦げたトーストに思い切りかみついた。

そして――どうしても我慢できなかった。

保田のケータイにかけたのである。

「やあ」

すぐに保田は出て、いつも通りの声で、「聞いたね」

「ええ、奈倉さんから」

と、スザンナは言った。「保田さん、今どこに?」

「マンションだよ、都内の。急に暇になって、困ってたとこだ」

「何か……手はないんですか?　あんまりですよ」

「ありがとう。しかし、しょせんはサラリーマンだからね」

「フリーになったら?　保田さんなら、きっと……」

「僕がなぜ降ろされたか知れ渡ったら、どこも僕を使わないさ」

「そんなこと……」

スザンナは、少し間を置いて、「――私も辞めようかな」

「スザンナ、そんなことを言わないでくれ。せめて君だけでも残って――」

「だって、保田さんが降ろされたってことは、これからニュースの内容も変ってしまうってことでしょ」

「まあ……そうなるだろうね」

と、保田は言った。

「それに、保田さんの代りに誰がメインキャスターになるにしても、今の政権への批判はしないんですよね。私、そんな人のそばでやって行けない」

「ありがとう。ともかく、後の体制がどうなるか、それを見守ってくれ。その後で辞めても遅くない」

「分りました」

と、スザンナは言った。「仕事に行きたくないって思うの、辛いですね……」

——ともかく、局へ行かないわけにはいかない。

スザンナが身仕度《みじたく》をして、マンションの部屋を出ようとすると、また奈倉からかかって来た。

「スザンナ、もう出てるか？」

「今、出るところです」

遅いと文句を言われたら、何か言い返してやろうと思っていたが、

「じゃ、すまないが〈Sスタジオ〉へ行ってくれないか」

「〈Sスタジオ〉って……」

「知ってるだろ。ドラマの収録をする——」

「ええ、行ったことありますから」

「今、〈Sスタジオ〉で収録してる新しいドラマの取材をしてほしい」

「突然、そんなこと……」

「本当は来週のはずだったんだが、今夜、ニュース枠以外のコーナーが足りない。急なことだが、頼んだらOKが出た」

「何をするんですか？」

「そのドラマに、栗崎《くりさき》英子《ひでこ》さんが出てる。知ってるだろ？」

「あの大ベテランの……」

「そうそう。今年八十八だっていうんだが、まだ元気だ。彼女にインタビューしてくれ」

「分りました」

スザンナ自身は、栗崎英子の作品をそう見ているわけではないが、父親が若いころからのファンで、しばしば昔の映画の話をしていた。

「それで、何を訊けば？」

「何でもいい。君に任せるよ」

奈倉は何も考えていない様子だった。

「じゃ、適当に……」

「うん。当然、新しいドラマの話は出ると思うからね」

ドラマの宣伝を兼ねて、ということなのだ。

「それじゃ、カメラは――」

「それが、都合がつかないんだ」

「え？　どうするんですか？」

「君が撮ってくれ。スマホでもいい。却って生々しくて面白いだろう」

「じゃ、動画モードで？　分りました」

「十五分ぐらいあればいい。使うのは二、三分だと思うけど」

「じゃ、これから〈Sスタジオ〉に向います」

「十八時までに局へ来てくれ。頼むよ」

早口に言って、奈倉は切ってしまった。

「――栗崎英子さんね」

保田のことで腹は立っていたが、栗崎英子にインタビューできるというのは嬉しいハプニングだった。

スザンナはスマホが充電してあるのを確かめると、急いでマンションを出た。

〈Sスタジオ〉とは、都内の貸スタジオの一つで、色々な局がドラマ作りに使っている。

「——その先の〈Sスタジオ〉です」

タクシーに乗ったスザンナは、目的地のすぐ近くまで行くと、念を押すように言った。

「——どうも。領収証下さい」

〈Sスタジオ〉の前で降りる。タクシーが行ってしまうと、周囲を見回して、ちょっと首を振った。

〈Sスタジオ〉は、都内でも有名なラブホテル街の真中にある。右も左もホテルが立ち並んでいて、初めて来たときは電車で来て歩いたので、やたら男女のカップルとすれ違った。

中には、中年のサラリーマンがセーラー服の女の子と堂々と腕を組んでホテルから出て来たりしていて、スザンナの方が目をそらしたものだ。スザンナだって、「男と待ち合せているのか」と見られそうで、今日はわざとタクシーで〈Sスタジオ〉の目の前につけてもらったのである。

わざわざそんな手間をかけることもないと思うのだが、どこで誰に見られているか分らない。

以前、〈ニュースの海〉の本番が終ったとき、台風で電車が停っていて、仕方なく局に近いホテルに泊ったのだが、その入口で、ロンドンのハイスクールで一緒だった女の子とバッタリ出くわしたことがある。しっかり手をつないでいたのは、父親と言ってもいいほど年齢の行っている男だった……。

「——栗崎英子さんにお会いしたいんですが」

と、スザンナは、受付で言った。「〈テレビK〉の奈倉から連絡が……」

「伺っています」

と、受付の女性は、「エレベーターで四階へ上って下さい。〈Aスタジオ〉です」

「ありがとうございました」

スザンナはエレベーターへと急いだ。ちょうど扉が開くところで、メガネをかけた小柄な女性がエレベーターを待っていた。

一緒に乗ると、その女性は〈4〉を押して、スザンナの方へ、

「何階ですか？」

と訊いた。

「私も四階です。どうも」

エレベーターが上り始めると、

「あの——失礼ですが、〈ニュースの海〉に出られている……」

「はあ、そうです」

「取材ですか？」

「栗崎英子さんにインタビューするんです。今、こちらでドラマを——」

「ええ、存じてます。そうですか」

と、ちょっと目を見開いて肯く。

きっと、ずっと年上なのだろうが、どこか子供のような好奇心の持主らしい。可愛い人だわ、とスザンナは思った。

エレベーターが四階に着くと、目の前に中年の女性が立っていて、スザンナは、

「〈テレビK〉の者ですが」

と言った。

「はい、伺っています。栗崎のマネージャーの山本《やまもと》です」

と、挨拶すると、「あら、爽香さんも」

「お邪魔します」

スザンナは面食らって、一緒に上って来た女性を見直した。


「あなたも見ていてね」

と、栗崎英子は爽香に言った。

「はい、こちらで」

スタジオの隅に椅子を置いて、インタビューということになった。

爽香は少し離れて立っていたが、スザンナがスマホで撮りながらインタビューすると

いうので、

「私、撮りましょうか」

と、声をかけた。

「ああ、それがいいわね」

と、英子も肯いて、「大丈夫。この人は杉原爽香といって、私の心の友なの」

「栗崎様は大げさで」

と、爽香は笑った。

「じゃあ……お願いできますか。ちょっと不慣れなので」

「ご心配なく。栗崎様をちゃんと撮ればいいんですよね」

スザンナはホッとした様子で、

「では……。本日はお忙しいところ、ありがとうございます」

と、メモ用紙を手に、インタビューを始めた。

ここで収録中のドラマについて、英子は的確にポイントを押えて紹介すると、

「宣伝はこれぐらいでいいわね」

と言った。「ほかに何でも、訊きたいことがあれば訊いて」

「ありがとうございます」

「〈ニュースの海〉はいい番組よね。特にあの保田ってキャスターが、ちゃんと自分の

言葉でしゃべってるから」

「はい……」

スザンナが、ちょっとためらってから、「実は、もう保田は〈ニュースの海〉に出ないんです」

「まあ、どうして？」

と、英子が目を見開いて、「体でも悪くしたの？」

「いえ、そういうわけでは……」

スザンナが口ごもっていると、英子の表情が引き締った。そして、

「——言いにくいことがありそうね」

と、静かな口調で言った。「私になら、何を話しても大丈夫。この杉原爽香にもね」

「はい……」

「言いにくいことを我慢するのは体に良くないわ。話してごらんなさい」

「私も……ついさっき聞いたばかりなんです。保田さんが、今夜から〈ニュースの海〉には出ない、と」

「それはたぶん、何かの圧力があったのね」

と、英子は言った。

「今の政権に、手厳しいことを言ってましたものね」

と、爽香が言った。「でも、しごくまっとうな意見ばかりだったわよ」

「私もそう思います」

スザンナは嬉しくなって、ここでやめるわけにはいかなくなった。「実は……」

8 階段の上

パソコンに向ったたまま、ウトウトしていた郡山は、机の上のケータイが鳴り出して、ハッと目覚めた。

「眠ったか……。ずっと見てると、いつの間にか眠るな……」

呟いて、冷めたお茶を飲む。その間も、ケータイは鳴っていた。

「——誰だ？」

見た憶えのない番号だった。

「もしもし？」

と出てみると、少し間があって、

「あ……。本人？」

女の声だ。誰だろう？

「何だ、『本人』ってのは？」

「だって、偉い人は、直接電話に出ないのかと思ってたから」

待てよ。この話し方は……。

「君、〈テレビK〉のウェイトレスだな」

「当り」

と、相手は笑って、「今、電話しちゃまずかった?」

「いや、仕事中だ」

そうか。あの子に個人用の名刺を渡した。メールしろと言ったのだが、ケータイ番号も入っている。

「今、何時だ?」

郡山は時計を見た。夜、十時を回っている。

「君はもう仕事、終ったのか?」

「九時までなの、私。それから私、『君』って名前じゃないわ。小久保《こくぼ》ルイっていうのよ」

「ルイ? 今風だな」

郡山はパソコンの画面を眺めた。眠っている間に、キーボードに触れたらしい。〈n〉の文字が延々と何行も続いている。

やれやれ……。郡山は打っていた文章そのものを消去した。

もともと気の乗っていない原稿だったのだ。ここは、いっそ……。

「これから晩飯を食べる時間はあるか？」

と訊くと、即座に、

「もちろん！」

と、返事が返って来た。

「じゃ、どこかで待っててくれ。六本木に出られる？」

「十分もあれば」

郡山は、待ち合せ場所をルイに告げると、通話を切った。

――立ち上って、伸びをする。

都心のビルの一室。ここは郡山の個人オフィスだ。

昼間は秘書が来ているが、今は一人だ。

そして、ここにはベッドルームが付いている。広くはないが、ダブルベッドが置かれていて、「仕事で遅くなったとき」に泊ることにしていた。

そのダブルベッドが、「仕事」以外の理由で使われることがあるのを、妻のしおりも承知している。しかし、何も言わない。

自分が夫のしていることを知っている。それを、夫も分っている。

しおりにはそれだけで充分らしい。夫を責め立てて、後戻りできないところまで行ってしまうことは、しおりの望みではないのだ。

郡山は洗面所で顔を洗うと、オフィスを出た。

小久保ルイといったか。――これから会って、食事をして、それからどうなるか。

「成り行きだな」

と、郡山は呟いた。

表に出てタクシーを拾う。

待ち合せ場所まで、十五分もあれば行くだろう。

シートに落ちつくと、ケータイが鳴った。

「――郡山先生ですか。〈テレビK〉の馬垣です」

「ああ。何か?」

「見ていただけましたか」

「何の話だ? いきなり見たかと訊かれてもね」

「失礼しました! 〈ニュースの海〉です。今夜から、キャスターが交替しました」

馬垣の、ちょっと得意げな言い方が、郡山を苛立《いらだ》たせた。

「突然だね。視聴者にはどう説明したんだ?」

「は……。『都合により』とだけ……」

「それじゃ、いかにもどこかの圧力のせいに思われるじゃないか。総理に批判的な連中は、必ずそう言って来る。誰も今すぐ辞めさせろとは言ってない」

「はあ。申し訳ありません。ただ、私どもはできる限り……」

馬垣は不満げだった。もちろん、大あわてで手を打ったことは郡山にも分っている。しかし、

「ピントが外れてるんだ。分るか？　何が一番肝心のことなのか、そこをよく考えろ。総理はそうおっしゃってるんだ」

「はい……」

「あわてて何かやっても、いい結果が出るわけはないだろう。しっかり先のことを見極めて行動するんだ。テレビ局なら、それぐらいのことが分らなくてどうするんだ」

「はい……。仰《おお》せの通りで」

「ともかく、総理にはご報告しとく。反響をちゃんとこっちへ伝えろよ」

「かしこまりました」

向うが言い終らない内に、郡山は切ってしまった。

郡山にも想像がつく。今ごろ馬垣は、

「畜生！　偉そうなこと言いやがって！」

と、周囲の部下に当り散らしていることだろう。

当然だ。——俺だって、逆の立場なら、ワラ人形に五寸釘でも打ち込んでやる。

郡山は息をついて、車の外へ目をやった。

憎まれ役。――これも郡山の仕事の一つなのだ。

もともと、郡山は至って地味なフリーライターの一人だった。四十代半ばを過ぎても、著名人のゴーストライターをやったり、ルポルタージュ記事を、テレビで常連のジャーナリストに代ってまとめたりというのが、主な仕事だった。

それでも、郡山は「泣かせる記事」を書かせると、ライター仲間にも一目置かれる存在で、生活に困ることはなかった。しおりと二人で、子供もなかったから、呑気《のんき》にやっていた。

転機は、三年前の夜中にかかって来た一本の電話だった。

「頼む！　恩に着る！」

昔なじみのライター仲間だった。

「大至急出版しなきゃならない。ところが、他の仕事でハワイに行くんだ」

と言う。

「どうしてそんなもの、引き受けたんだ」

「スケジュールが急に三か月早まったんだ。本当だよ！　選挙の後に出すはずだったのが、突然、『選挙前に配る』と言い出して」

「おい。――何の本なんだ？」

話を聞いて、郡山はためらった。いくらしがないフリーライターといっても、現職の総理大臣をほめちぎる本を書くのには、抵抗があった。

しかし、郡山が断れば誰かが書くだろう。そして、期限を早めた代り、原稿料は普段の倍だと言われて、郡山は決心した。

「分った。やるよ」

「すまん！」

その夜の内に、そのライターは資料をドサッと届けて来て、翌日にはハワイへ飛び立った。

恥も外聞もない。郡山はペンネームを使うことにして、「宣伝」に徹した。世間を騒がせたスキャンダルも、強引な理屈で美談に仕立てた。

わずか一週間で書き上げ、校正は三日。十日後には本が出た。

郡山は、原稿料と初版印税をもらって満足していた。その代り、これを書いたことは妻にも言わなかった。しおりは、「凄い額の振り込みがあったわよ！」と喜んでいた。

そして途中で放り出していた仕事に戻ろうとしたとき、出版社から、「十万部増刷」という連絡があって、唖然とした。

しかも、全部、総理の事務所で買い上げてくれるというのだから……。

そして――その夜、郡山のケータイへ、電話があった。総理の秘書からの、「夕食への誘い」だったのである……。

それから先は……。どうなったのか。

郡山自身もよく分らない。大体、食事の席で、目の前にいるのが、いつもテレビで見ている顔だということが信じられなかった。

「君ほど、僕の思いを分ってくれている人はいない！」

と、握手を求められ、あの本を一ページごとに絶賛されたのだ。

そして、「今後は僕のマスコミ対策を指揮してくれ」と頼まれた。

むろん郡山だって子供ではない。言われたことを丸ごと信用してはいなかった。今はいくらほめられても、何か一つ、気に入らないことがあればたちまちお払い箱になるだろうということも分っていた。

しかし――その夜のフランス料理のおいしさ、ワインの旨さ、帰りに自宅まで送ってくれた大型の外車の乗り心地の良さ……。そういったものは否定しがたく、郡山の心に残った。

翌日には、なぜ知っていたのか分らないが、妻のしおりのケータイに、党の幹事長、三田村の妻から電話がかかって来て、高級ブランドの新作発表会に誘われた。

大きな雪崩《なだれ》に巻き込まれでもしたかのように、郡山の生活は大きく変って行った。

――今、郡山は十を超える団体や委員会の顧問をつとめ、大企業の「相談役」として給料を受け取っている。

これでいいのか？　——郡山の中の、その問いかけの声は、自分へすり寄ってくる人間たちのお世辞の聞き心地の良さにかき消されていった。

そこには、これから会おうとしているウェイトレス、ルイの甘えるような声音も混っていた……。

「ひどい話だな」

と、明男が言った。

お風呂を出て、もう珠実は眠っている。

パジャマ姿で、二人は遅いニュース番組を見ていた。

爽香は、ニュースキャスターが一日で降ろされた話を明男にしたところだった。

「ねえ。それをはねつけられないテレビ局も情ないわね」

と、爽香は言って、「そうそう。それだけじゃないのよ」

「何だい？」

「あのスザンナって子の話でね、びっくりしちゃったんだけど、郡山って人、あの海から私たちが助けた、下原綾子を愛人にしてるんですって」

「へえ。それじゃ——」

「あのとき、彼女を置いて帰った男って、その郡山って人かもしれないわね」

「妙な縁だな。だけど、おい、また危いことに係るなよ」

「大丈夫よ。そんな男女の仲にまで、口を出すわけないわ」

そう言ってから、思い出した。岩元なごみから聞いたこと。——下原綾子のマンションに押し入ろうとしている男たちがいた、という話。

では、その男たちは、彼女が死のうとしたことを知って、郡山という男の指示でマンションへやって来たのだろうか。

下原綾子が死んでいると思って、後に何かまずいものが残っていないか、と……。

「——何考えてるんだ？」

と、明男に訊かれて、

「何でもない。ちょっと仕事のこと」

と、爽香は首を振った。

「本当か？　怪しいな」

「奥さんを信じないの？」

爽香はそう言って明男の方へ身をもたせかけると、そっとキスした。

爽香のケータイが鳴った。

「もう……。切っとけば良かった」

爽香はケータイを手にした。

「杉原さんですか」

と、さし迫った感じの女性の声。

「そうですが」

「私、今日お目にかかったスザンナです」

「ああ。どうも。何か……」

「保田さんが……。キャスターを降ろされた保田さんが、死んだんです」

「え？」

「マンションのベランダから落ちて。――自殺したなんて思えません。私……誰かに話したくて……」

スザンナが泣き出して、爽香は言葉もなく、ただケータイを手にしていた。

9　表と裏

結局、こういうことになってしまった。

――用心しなければ、とは思っていた。しかし、一度通った道は慣れるのも早い。

郡山は、都内の高級ホテルに泊っていた。広いベッドには、今あの〈テレビK〉のウエイトレス、小久保ルイが静かな寝息をたてている。

十九とはいえ、ルイの体は成熟した女の魅力を充分に具《そな》えていた。郡山としては、「まだ十代の女の子」という点が引っかかってはいたのだが、ともかくルイの方が初めからそのつもりで寄って来たのには抵抗できなかった……。

ただ、郡山も自分が有名だからというだけで寄ってくる女たちには、いささかうんざりしていた。その中で、小久保ルイはどこか違っていた。

それは郡山の直感のようなものでしかなかったが、ルイ当人は、

「遊びましょう」

と言いながら、むしろ郡山以上に、その時間の中にのめり込んでいた。

もしかして……前から知っていた誰かなのかな？　それとも、その知り合いとか。

しかし、何といっても十九歳だ。五十に手の届いた郡山から見れば娘の年代である。

「――考え過ぎか」

と、郡山は呟いた。

深夜、二時を回っていた。

明日は午後に顔を出すだけの会合が二つある。そして夜には、もしかするとあの人との会食が……。

前からの話で、特別な会員制クラブのメンバーに推薦してくれるかもしれなかった。

ふしぎなものだ。――郡山はわずかに苦い味を感じながら、口もとに笑みを浮かべた。

もともと、どこかの組織に属することが嫌いな性質《たち》だった。学生時代も、クラブ活動にはほとんど参加しなかった。

お互い、腹の中でどう考えているか、巧みに隠しつつ、お世辞を言い合うような社交クラブは、郡山が最も嫌う場の一つである。それでいて、あの特別なクラブのメンバーになることを、楽しみにしている。

いや、郡山は変ることなく、そんなクラブに入って、「セレブ」を気取っている連中を軽蔑している。少なくともそう信じている。

しかし、何かの「特権」を手にすることの快感を、郡山は覚えてしまった。それは一度味わうと忘れられない蜜の味だったのだ……。

ルイの体温を感じながら、フッと眠りに落ちかけたとき、郡山のケータイが鳴り出した。

一瞬、夢の中で鳴っているのかと思った。しかし、そうではなかった。

こんな時間に？　――今、夜中に郡山へ電話して来る人間はほとんどいない。

誰だ？　手を伸してケータイをつかむ。

意外だった。〈テレビK〉の編成局長、馬垣からだ。出ないわけにはいかない。

ルイの方をチラッと見ると、ぐっすり眠っているようだ。

郡山はベッドからそっと出て、足元のガウンを取ってはおると、ベッドから少し離れて、電話に出た。

「郡山だ」

「おやすみのところ、申し訳ありません」

謝るくらいなら、かけて来るな、と怒鳴りそうになったが、何とか抑えて、

「どうかしたのか？」

「それが……保田が死にました」

一瞬、誰のことだろうと思ったが、すぐに分った。

「どうしたんだ？」

「マンションのベランダから落ちて。——自殺か事故か分りませんが……」

郡山にも、やっと馬垣の話が頭に入った。

「つまり……キャスターを降ろされたショックで、ということか」

「いや、それは分りませんが……」

「何か書き遺したのか？　恨みごとでも」

「今のところ、分りません。ともかく警察が——」

「分った。しかし……」

「もちろん、郡山さんのお名前は出しません」

「うん」

「ただ、突然の降板でしたから、色々噂が飛ぶのは仕方ないかと思います」

それはそうだろう。

やっと目が覚めて、頭がはっきりして来た。

「誰が発見したんだ？」

と、郡山は訊いた。

「あの辺は夜中でも人通りが。ベランダから下に路上駐車していた車の上に落ちたそうです。車の窓ガラスは粉々になって、かなり音もしたと思います」

「そうか。——分った」

郡山はまだ事態をしっかり把握できていなかった。「何か分ったら、また連絡してくれ」

「かしこまりました」

切れる寸前に、郡山は、「誰か一緒にいたのか」と言いかけたが、言葉になる前に切れてしまった。

しかし、馬垣だって、そうはっきりと状況をつかんでいないだろう。

「厄介なことを……」

と、つい呟いていた。

突然の〈ニュースの海〉からの降板。そして自殺と見られる死。

当然、世間は原因と結果とみるだろう。――なぜ突然降板することになったのか、取材が入ることははっきりしている。

馬垣たち、〈テレビK〉の人間は口をつぐんでいるだろう。しかし、あの〈合評会〉には、他にシナリオライターを始め、何人もが出席している。

郡山が〈合評会〉で〈ニュースの海〉のキャスターについて、何を言ったか、いずれ誰かの口から知れるだろう。

そうなると……。

「――どうかしたの？」

ベッドの方へ目をやると、ルイが目を開けて、見ている。

「いや、大した用じゃない」

と、郡山は言った。「起こしちゃったか」

「そんなこと……。何かあったの？」

「忘れてくれ。俺ももう一度眠るよ」

眠れるだろうか？　——郡山はそう自分に問いかけていた……。


「ええ、〈ニュースの海〉はよく見ていますよ」

と、栗崎英子が言った。

「ありがとうございます」

と、スザンナが言うと、

「そう。特にキャスターの保田って人がいいわね。ちゃんと自分の考えを、自分の言葉で話してるでしょ。キャスターは、ただニュースを読むだけのアナウンサーじゃいけないのよ。ちゃんと弱い人の味方になって戦うってことが必要なの」

「今のお話を保田へ伝えたいと思います。とても喜ぶと思いますわ」

VTRはそこで切れて、アナウンサーが、

「昨夜放映しました、栗崎英子さんへのインタビューの一部です。栗崎さんが大変評価して下さった保田邦彦キャスターが、マンションのベランダから転落、亡くなりました……」

モニターを見ていたプロデューサーの奈倉が渋い顔になって、

「おい、昨日これを流したのか？」

と言った。「俺はチェックしてないぞ」

「でも、訊きましたよ。奈倉さんに」

とスザンナが言い返す。「『私がまとめたのでいいですか？』って。そしたら奈倉さん、『ああ、構わないよ』って」

「だって、新作の宣伝だけだと思うじゃないか」

と言ったものの、一旦放映されたものはどうしようもない。

「奈倉さん」

と、スザンナは言った。「ニュースとしては仕方ないと思います。でも、〈ニュースの海〉は保田さんがずっとメインキャスターだったんです。その保田さんが亡くなったんですから、真相を追求すべきじゃありませんか」

「それは君、警察の仕事だよ」

と、奈倉はかわした。

「でも、前日に、〈ニュースの海〉のキャスターを降ろされてるんです。その事情を分ってるのは、〈テレビK〉の人じゃないですか」

「だがね、自殺か事故かもはっきりしてないんだよ。我々が自殺の動機を断言できるわけじゃないし……」

「自殺でも事故でもなかったら？」

と、スザンナは言った。「殺されたんだとしたら……」

「そう困らせないでくれ」

と、奈倉がため息をついて、「保田は自殺なんかしないと俺も思う。しかし、我々としては──」

奈倉は言葉を切ったのだが、テレビモニターの画面には、〈ニュースキャスター、謎の死〉というタイトルが出た。

「こんな特集をやるとは聞いてないぞ！」

奈倉が怒鳴った。

そして、周囲をにらみつけて、

「誰だ、こんな勝手なことをした奴は！」

と、怒りに声を震わせた。

「落ちついて下さい」

と、スザンナは冷ややかに、「他の局ですよ」

「——何だと？」

いつの間にか、モニターに他局のワイドショーが出ていたのだ。奈倉は仏頂面になって、

「何やってるんだ！」

と、八つ当りした。

しかし、次の瞬間、奈倉の顔がこわばった。そのワイドショーのアナウンサーが、

「亡くなった保田さんは、前日、キャスターをつとめていた〈ニュースの海〉を降板させられていました」

と言って、同時に画面に〈テレビK〉の〈番組合評会〉のメンバーの顔が並んだのである。

「〈テレビK〉では、番組について各界の人々から意見を聞く会議があり、その席で保田さんへの強い不満が出ていたとの情報があります」

奈倉が愕然《がくぜん》とした。

「誰がしゃべった！」

と、周りを見回す。

「そんなの分りませんよ」

と、スザンナが言った。「合評に出席されてる方なら、誰でも——」

「調べろ！　いいか、この局の奴に当って、誰から聞いた話か、調べ出すんだ」

その間にも、アナウンサーは〈合評会〉のメンバーを紹介して、一人一人の顔写真が画面に出ていた。

「無理じゃないですか」

と、スタッフの一人が言った。「ニュースの情報源ですよ。洩らさないでしょう」

「呑気なことを言ってる場合か！」

奈倉の額に汗が滲《にじ》んでいた。

スタッフルームの電話が鳴った。

「――分りました。――奈倉さん、馬垣局長がお呼びです」

当然、馬垣もこの映像を見たのだろう。

「分った」

奈倉の声は上ずっていた。――馬垣に呼ばれるのは覚悟していた。しかし、普通なら奈倉のケータイへかけてくるはずだ。

それを、わざわざスタッフルームの電話に。

――馬垣が怒っているということを、スタッフルームのみんなが知らされたのである。

そのテレビのニュースを目にしたのは、偶然だった。

佐野このみは、普通なら一日中仲居として忙しく駆け回っていて、テレビなど見る暇はない。

たまたま、ロビーを通りかかったこのみは、灰皿に吸いがらがたまっているのを目にとめた。

今、ホテルや旅館も禁煙になりつつある。こういう地方の旅館は、そう簡単にいかないが、それでも家族連れの客から、

「部屋がタバコくさい」

と、苦情を言われることは多くなって来て、〈禁煙ルーム〉と〈喫煙ルーム〉を分けなくてはならないという話も出ている。

吸いがらが放置されているのは、やはり見苦しいものだし、見ただけで「タバコくさい」と思われてしまうこともある。

人にやらせるより、自分が片付けた方がいい。このみは、手早く灰皿の吸いがらをビニール袋へ入れた。

そして——ふとつけ放してあるテレビへと目が向いたのだ。

そこに、あの「先生」の顔があった。

海へ入ろうとした下原綾子という女性を置いて、先に帰ってしまった「先生」に違いなかった。

顔写真にかぶせて、〈作家・郡山透〉とあるのを、このみは瞬時に頭へ入れていたのだった……。

10　隠す

今日は早く帰れそう。

爽香は、パソコンに入っているメールを眺めて、返事の必要なものがほとんどないことを確認していた。

返事するにしても、急ぎのものは一つもない。――帰れるときは帰りましょ。

ケータイが鳴った。ちょっといやな予感がしたが――。

「杉原です」

少し用心しながら出たが、あの旅館の佐野このみからと知って、安堵《あんど》した。

「その節はどうも。――え？」

爽香は、このみの話に耳を傾け、手元のメモ用紙に〈郡山透〉と書きつけた。

「作家の〈先生〉だったんですね」

「そのようです」

と、このみは言った。「一応お知らせしておこうと思いまして」

「ありがとうございます」

「もちろん、私に何かできるというわけではありませんけど」

「下原綾子さんの様子はどうですか？」

と、爽香は言った。「実はこちらでも色々ありまして」

「あ、すみません。これから夕食の配膳なので」

「分りました。ご連絡ありがとうございました」

電話している間に、久保坂あやめが爽香の所へやって来て、メモを覗き込んだ。

爽香は通話を切って、

「――知ってる？」

「〈郡山透〉ですか。もちろん、名前ぐらいは」

「私も聞いたことはあるわ」

「これが、あの〈AYA〉を捨てた男ですか？　――分りませんね。こんな男のために死のうなんて」

と、あやめは冷たく言った。「〈先生〉なんて呼ぶほどの人間じゃないですよ」

「でも、あのニュースキャスターの死にも係ってるのかもしれないって」

爽香は首を振って、「人の値打はどこで決るのかしら」

と言うと、帰り仕度にかかった。

二人で一緒にオフィスを出ながら、

「そうだ、あやめちゃん。次の日曜日に、どこかホテルの中華料理でも予約してくれない？」

「どこでも任せていただけますか？　何人ですか？」

「河村布子《かわむらきぬこ》先生を元気づける会をやろうと思ってね。もちろん、ご主人亡くなって、ずいぶんたっちゃったけど、布子先生は新学期やあれこれで大忙しだったの」

「もう秋ですよ」

「夏休みも大変だったらしくて。やっと少し落ちついたようなの。爽子《さわこ》ちゃんから、今度の日曜日は珍しくみんな空いてるって」

「分りました。杉原一族もですね」

「『一族』って、大げさじゃない？」

と、爽香は笑って言った。

「それならいっそ、浜田《はまだ》さんも招いては？」

「今日子《きようこ》？　そうね。声かけるわ。明日香《あすか》ちゃんともしばらく会ってないし」

浜田今日子は爽香と同じで、河村布子の教え子である。外科医で、シングルマザー。娘の明日香は、珠実の一つ年下の九歳になるはずだ。

「楽しい会にしたいですね」

と、あやめはすっかり調子が出て来たようで、「栗崎さんにも来ていただいては？」

「え？　そうね……。きっと喜ぶでしょうけど、どっちも」

爽香も楽しくなって来た。「じゃ、もちろんあなたもご主人と一緒に参加して」

「私ですか？　私はただの部下ですよ」

「そうじゃないでしょ。家族のようなものよ」

「ありがとうございます」

あやめはちょっと間を置いて、「九十六の亭主に会って、布子先生が長生きされる決心をして下さるといいですけど」

「先は長いわね」

「チーフもですよ。まだ五十年あります」

「そうか！　人生の楽しみはこれからね」

「じゃ、早速、皆さんに連絡しましょうよ！」

即座に行動に移すのがあやめである。

「分ったわ。それじゃ……」

帰り道の途中だったが、二人は手分けしてケータイで電話をしまくった。

勢いというのは恐ろしいもので、誰もが、

「今度の日曜日は大丈夫」

と答えたのである。

「やった、やった！」

と、あやめは飛び上って喜んだ。「心がけのいい人間が二人で手分けして連絡したからですよ！」

「本当ね！　でも、一体何人になる？」

「ええと……三、四、五……」

あやめは指を折っていたが、「ちゃんと計算します！」

と、ケータイの計算機能を使って、足し算を始めた。

「待って。早川志乃《はやかわしの》さんとあかねちゃんは入れたわね。栗崎さんのマネージャーの山本しのぶさんも入れた方がいいわ。それと――そうだ、松下《まつした》さん！」

「〈消息屋〉さんですね。了解です。ええと……これだけかしら」

と、あやめは考えていたが、「――あ、忘れてた」

「誰を？」

「チーフと私です」

と、あやめは言った。

「あなたの名前が出てるって」

と、郡山しおりは言った。「今日、知り合いの奥さんに言われたわ」

「言わせとけ」

と、郡山は遅い朝食――いや、もう昼食というべき時間だったが――をとりながら言った。

「あの、ベランダから飛び下りたニュースキャスターって、今の首相を悪く言ってた人でしょ」

と、しおりは言った。「梓さんがおっしゃってたわ」

郡山は自分のケータイをちょっと眺めて、

「お前、今度いつ三田村さんの奥さんと会うんだ？」

と訊いた。

「梓さんと？　週末に、ランチをみんなで、って話してるけど」

「みんな？」

「梓さんが代表をつとめてらっしゃるグループのメンバー。私も誘われてるの」

政権党の幹事長夫人と「親しい」ということが、しおりにとっては何より誇らしいのである。

「そうか」

「梓さんがどうかしたの？」

「いや、何でもない」

郡山はメールが入って来たのを読むと、と、ちょっと眉をひそめて、

「出かける」

と、立ち上った。

「遅くなるの？」

「たぶんな」

「あなた。——何かあったら、私にも教えてよ」

「何もないと言っただろう」

突き放すように言って、郡山はさっさと出かけてしまった。

「勝手なんだから……」

しおりがブツブツ言っていると、ケータイが鳴った。三田村梓からだ！

しおりは急いで出ると、

「はい、郡山でございます」

と、いつもの精一杯愛想のいい声を出した。

しかし、向うは、

「今、どこにいらっしゃる？」

と、どこか事務的な調子で言った。

「はあ……。自宅ですが」

「ご主人は？」

「あの——たった今、出かけたところで。何でしたら追いかけて……」

「いえ、いらっしゃらない方がいいの」

「あの……」

「聞いてるでしょ、保田ってニュースキャスターの件」

「ああ。ベランダから飛び下りたとか……」

「そんなことじゃないの。保田を死なせたのが、あなたのご主人だって」

しおりは愕然とした。

「そんな……。どうして主人が……」

「番組を降ろされたショックで死んだと言われてるのよ。そして、郡山さんが、『あのキャスターを今すぐ辞めさせろ』と、テレビ局の幹部に迫ったそうなの」

「主人が……。そんなこと、ひと言も言っておりませんでしたが」

「もちろん、そうでしょう。でも、同じ会合に出席してた人から、そういう話が広まって、ネットにどんどん流れているわ」

「はあ……」

「困ったことになったわね」

と、梓は冷ややかな口調で、「三田村も、記者会見で取り上げないわけにはいかないだろうと言ってるわ。海外にもその話が流れてる。総理は言論の自由を尊重する、といつもおっしゃっているのよ。それを圧力をかけてキャスターを降板させたと言われては……」

「はあ……。申し訳ありません」

しおりとしては、自分が謝るのは変なものだという気がしていた。それに、本当に夫がそうさせたのかどうか……。

「ともかく、ご主人と相談して、うまく事態をおさめてちょうだい」

「はあ……。でも、どうやって……」

「それはそちらで考えて。ご主人、作家でしょ。うまいストーリーをこしらえていただきなさい」

「奥様、私、何とかして……」

「そう。私たちのために役に立つところを見せてちょうだい。頼みますよ」

と、梓は言って、「あ、そうそう。週末のランチにはご遠慮願った方がよさそうね。今あなたが来ると、色々、あらぬ勘ぐりを受けるかもしれない。お分りね」

「はい……」

しおりの顔から血の気がひいて行った。

「あの……それでは……」

そう言いかけたときには、もう通話は切れてしまっていた。

梓の、あの冷たい口調。――しおりは、目の前で、扉がピシャリと閉じられたのを感じた。

もう、梓からは何の誘いも来ないだろう。そして、「郡山しおりなんて人は全く知らない」という話になる。

いやだ！　いやだ！

しおりはソファに崩れるように座り込んで荒く呼吸していた。

「何とか……何とかするのよ」

そう、梓が、「よくやってくれたわね」と感心してくれるように。

「あなたは私たちの仲間だわ」

と、やさしく肩を抱いてくれるように。

「ああ……。でも、どうしよう？」

落ちついて。――落ちついて考えるのよ。

保田というキャスターが、他の理由で死んだということになれば……。

「そうだわ」

おそらく、夫がテレビ局に言って、保田を降ろさせたのは事実だろう。しかし、もともと、首相があのニュース番組に腹を立てていたことは、しおりも知っている。

夫は、その首相の気持を、代りにテレビ局に伝えたのだろう。ところが、キャスターの自殺という思いもかけない結果になって、首相としては、「郡山が勝手に言ったことだ」ということにしたい。

しおりにも、そういう状況であることぐらいは察しがつく。

でも、ここをうまく乗り切らなくては。夫も私も、やっと成功というものを手にしかけているのだ。

何とかして……。何としてでも……。

しおりは、梓の役に立てるなら、どんなことでもする、と決心していた。

夫の都合なんか、考えていられない。

しおりは、ためらわず、夫のケータイへかけた。

「何だ」

郡山が不機嫌な声で出た。「タクシーの中だ。用事なら夜にでも——」

「そうはいかないの」

と、しおりは遮った。「三田村さんの奥様から電話があったわよ」

「何の用で？」

「何とかしないと、あなたも私もおしまいよ」

「何の話だ？」

しおりが梓の話を伝えると、郡山はしばらく黙った。

「あなた、聞いてる?」

「ああ。——分った。何とかしよう」

「そんなこと言って、何かいい考えはあるの?」

「そうすぐに出てくるか」

「急ぐのよ! こうしてる間にも、あなたが保田を死へ追いやったという話がどんどん広まってるのよ」

「しかし……俺がその話をしたのは事実だからな」

「でも、自殺の動機が他にあれば——」

と言いかけて、「女は?」

「何だ、それは」

「女はいなかったの? あのキャスター、もてそうだったわ。誰か……。ね、一緒に番組をやってた女の子がいたでしょ。イギリス人とのハーフとかって」

「ああ、スザンナ・河合だ」

「いくつ?」

「年齢か? 二十七、八じゃないか」

「じゃ、保田と関係があってもおかしくないわ」

「いきなりそう言っても……」

「迷ってる時間はないのよ！」

と、しおりは叫ぶように言った。「そのスザンナって子を、何としてでも保田の恋人だったたってことにするの」

「お前、簡単に言うけどな――」

「今が肝心なのよ。梓さんは、私とあなたの働きを見てるの。だから二人で力を合せて

……」

「うん、分った」

郡山も、妻の勢いに、そう言うしかなかった……。

11 画策

「郡山先生は……」

と、ウエイターに訊く声が、静かなバーの中に聞こえて来た。

いちいち名前を出すな、と郡山は苛立ったが、今はそんなことで文句を言ってはいられない。

「どうも、先生」

と、やって来た馬垣は頭を下げて、「お待たせして申し訳ありません」

「いや、まあ急なことだからね」

と、郡山は言って、ウエイターへ、「もう一杯、同じものを」

「かしこまりました。馬垣様は……」

「ああ、ぼくはビールで」

〈テレビK〉の編成局長は、ホテルのバーの一番奥まった席で、腰をおろすと、ネクタイをちょっと緩めた。

「スポンサーとの打合せがありまして」

と、馬垣は言った。

「いいんだ。そう待っちゃいない」

と、郡山は言った。「それで──」

「この度は、保田のことでご心配をかけまして」

「うん。その後、何か分ったのか」

「いいえ、警察の方では、遺書はなくても、状況から見て自殺だろうと……」

「原因について、あの〈合評会〉の内容がネットに流れてるようだな」

「はあ。その点では私どもも困っておりまして。あれはあくまで内輪の話し合いで、公表するというものではありません」

「しかし、誰か出席していた人間が洩らしたんだ。その点は──」

「よく分っております。しかし、誰が話したのかということになると、調べようがありません」

「どうも、僕が悪者にされているらしい。確かに、保田について厳しいことは言ったが、降板させろとは言ってない」

と、郡山は強調した。「そこは君も分ってるだろうが、このまま放っておくと、噂を認めたことになる」

「おっしゃる通りで」

と、馬垣は言った。「しかし、私どもも、他局の放送内容には口を出せないので」

「よく分ってるよ」

と、郡山はやや苛々して、「何か手を打つ必要がある。そう言ってるんだよ」

「はい、それはもう……。差し当りは、局アナだったわけですから、局としてコメントを……」

「何を言ってるんだ」

と、郡山は不機嫌な表情を隠そうともせず、「そんなもの、誰が信じる？　噂には噂だよ」

「といいますと……」

「保田は奥さんとうまく行ってたのか」

馬垣はちょっと当惑したようだったが、

「確か……別居していると聞きましたが」

「そうか。それなら、仕事以外のことで悩んでいたとしてもおかしくない。そうだろう」

「はあ……」

馬垣は、出て来たビールを少しゆっくりと飲んだ。

「あのスザンナって子とはどうなんだ」

「スザンナ・河合ですか？　あの子とは仲が良かったです。もともと、スザンナは、保田がイギリスから連れて来たんですから」

「そうだったな。可愛いし、インテリだ。保田の好みだろう」

馬垣は、やっと理解した様子で、

「つまり……そういうことですか」

「噂だ。あくまで噂で、公式見解じゃない。しかし、保田は女性に人気があった。妻と愛人の板挟みになっていてもおかしくない」

「それはまあ……。しかし、保田は女性ファンが多かっただけに、そういう面では用心していました。スザンナと付合っていたという根拠になるものが……」

「火のないところに煙は立たない。そういう話が流れれば、人はいくらかは『本当かもしれない』と思うものだ」

「まあ、そうかもしれません」

「うまくその話を匂わせるんだ。間違っても、やらせだと思わせないようにするんだぞ」

馬垣はビールを飲み干すと、

「そのお話は……上の方から来たんでしょうか？」

と訊いた。

「具体的に話があったわけじゃない。しかし、何か考えるように言われた。このままでは、保田が言論弾圧の犠牲者ということになってしまう。それは、総理にとってもうまくない」

「さようで」

「ともかく、何か手を打つ必要があるのは分ってるだろう?」

「ええ、それはもちろん」

「それならいい。あの娘——スーザンが保田の愛人だったという話に、具体性を持たせるんだ。たとえば、二人で地方へ取材に行ったとき、同じ部屋に泊っていた、とか。取材スタッフの話ということにしておけば、誰も疑わないだろう」

「なるほど。しかし、そういう話の裏付けを……」

「そんな必要はない。いつ、どこの取材、と言い出せば却って怪しまれる。漠然としていた方が本当らしく聞こえるんだ」

と、郡山は言った。「じゃ、頼んだぞ。具体的なプランが立ったら、連絡してくれ」

「承知しました」

と、馬垣は肯いた。

「それだけだ。——先に失礼するよ」

「わざわざどうも……」

郡山は立ち上ると、足早にバーを出て行った……。

——馬垣は、しばらくそのまま席に残っていた。ウエイターが、

「何かお持ちしますか？」

と、声をかけてくると、

「うん。バーボンをもらおう」

「かしこまりました」

馬垣は、妙に上機嫌だった。

「間違えやがって」

と呟く。

郡山が、「スザンナ」のことを「スーザン」と言った。そして、自分が間違えたことに気付かなかった。

そして、郡山本人は分っていないだろうが、馬垣は、郡山がいつになく早口でしゃべっていたことに気付いていた。

郡山は焦っているのだ。自分がテレビ局に対して影響力を持っているのは、総理の、いわば「広報マン」をつとめているからに他ならないことを自覚している。

ところが、保田の死が〈合評会〉での郡山の発言のせいとなると、総理や政権党にと

っては厄介なことになりかねない。

ことに、海外では大手テレビ局のニュースキャスターは大きな力を持っている。日本で人気のあったキャスターが自殺へと追い込まれたという報道が、すでにアメリカなどでは流れつつあるのだ。

その原因になった作家。その作家が、総理大臣と個人的に親しいとなると、海外での日本のイメージは傷つくだろう。

国内だけの問題なら、今の政権の力で、マスコミを抑えられるだろうが、今はすぐに英語のニュースとしてネットで世界中に流れる。

「でっちあげか……」

スザンナと保田？——誰も、そんな話を信じないだろう。

〈ニュースの海〉のスタッフだって、保田とスザンナがどんなに仲良くしていても、二人が「男女の関係」だとは考えたこともないだろう。二人の間には、全くそんな雰囲気はなかった。

しかし——郡山に言われたら、やらないわけにいかない。

「可哀そうだが……」

幸い、スザンナは局の人間ではない。馬垣はケータイを取り出すと、プロデューサーの奈倉にかけた。

奈倉は今度のことで、自分が責任を取らされるのではないかと怯《おび》えている。

プロデューサーの仕事から外されて、地方局へ飛ばされるのを恐れている。

自分のポジションを守るためなら、どんなことでもするだろう。

「——今、すぐ来られるか？——ああ、奥の方の席にいる」

奈倉は飛んで来るだろう。そしてスザンナ一人ぐらい犠牲にするのに、何のためらいもないだろう……。

「おい、もう一杯くれ」

と、馬垣は言った。


「お世話になりました」

と、〈AYA〉こと下原綾子は、病室へやって来た、担当医の西田礼子へ言った。

「本当に大丈夫？」

と、西田礼子はやや心配そうだった。「まあ、体の方は回復してると思うけど」

「ご心配いただいて」

と、下原綾子は微笑んで、「無理にコラムを書かされて、〈AYA〉が私の中で息を吹き返したみたいです」

綾子は退院の仕度をしていた。

着る物などは、原稿を取りに来た望月が用意してくれた。

「それは良かったわ」

と、西田礼子は肯いて、「仕事にやりがいが出て来たら、心も回復して来たってことよ」

「はい。まだ〈AYA〉が必要とされてるところがあるんだって分って」

「そうそう。あなたに会いたいって人が」

「え?」

廊下に出ると、〈ホテルN〉の仲居、佐野このみが立っていた。

「ああ! ホテルの……」

「お元気になられて何よりでございます」

仲居の和服姿のままで、このみは言った。「ホテルに残されていたお荷物などをお持ちしました」

「まあ、わざわざ……」

「退院のことを、私がお知らせしたの」

と、西田礼子が言った。「この佐野さんは、以前、私に何でも教えてくれた看護師さんだったんですよ」

「西田先生……。昔のことです」

「そうだったんですか」

と、綾子は目を見開いて、「でも——ホテルの宿泊代とか、お支払いしないと」

「とんでもない」

と、このみは言った。「部屋代は、一泊分ご一緒だった〈先生〉が払って行かれましたし、その後については、必要ありません」

「でも、お世話になって……」

「ただ、支配人からの伝言でございます。この度の件は、なかったことにしていただきたいと……」

「私も、公表する気はありません」

「すっかり立ち直られたようで、安心いたしました」

「そうだ。——佐野さん、でしたね。あのとき、海に入って私を助けて下さった方、連絡できますか？」ひと言、お礼を申し上げたくて」

「はあ。心配されていました。「連絡先は、一応お教えしていいか、ご本人にお伺いしてからで、よろしいですか？」

「ええ、結構です。私のケータイ、荷物の中にあると思うので、そちらへ」

綾子は、受け取った自分のバッグからケータイを取り出して、このみにアドレスを伝えた。

「あの方もずぶ濡れになられたんですよね」

と、綾子は言った。「申し訳ないことでした」

「小学生のお嬢さんとご両親の三人家族でした。とてもいい方たちで」

「ええ。——分ります」

と、綾子は肯いた。「できればお目にかかってお礼を。東京の方でした？」

「ええ、そうです」

「じゃ、もしあちらがよろしければ、東京でお会いしたいと思ってます。そうお伝え願えますか？」

「もちろんです」

「じゃあ……。列車の時間があるので」

綾子はくり返し、このみに礼を言って、病院を後にした。

駅に着くと、綾子は列車を待つ間に、ケータイのメールなどをチェックした。

〈M〉のコラムを綾子に強引に書かせた望月から、コラムを無事校了したというメールが入っていた。そして、

〈とんでもなく無茶をさせてしまい、申し訳なかった。でも、あのコラムを楽しみにして〈M〉を買う読者が少なくないのだから、良かった。退院したら連絡してくれると、ありがたい。望月〉

と、書き添えてあった。

同じ望月から、もう一つメールが入っていた。

〈知ってるかもしれないが、今、郡山さんがトラブルに巻き込まれている。ニュースをチェックしてみては。望月〉

トラブルに？

綾子は、ケータイでニュースを受信したが、大きく報道されてはいない。

しかし、検索してみて、すぐに分った。〈ニュースの海〉のキャスターの死がきっかけだったという。

テレビも見ていなかった綾子にとっては初めて知る事件だ。

「あのニュースキャスターね……」

保田という〈ニュースの海〉のキャスターのことは、綾子も郡山からしばしば聞かされていた。郡山は、綾子と会っているときには、あまり仕事絡みの話はしなかったが、それでも保田への不満やグチは何度も耳にした。

その保田を、郡山の強硬な意見で降板させ、保田がマンションのベランダから転落死……。

おそらく自殺で、その原因が郡山にあること。——そう受け取られても仕方ないだろう。

郡山が今どんな気持でいるか。綾子は、郡山から「もう飽きた」とまで言われ、捨てられたのに、郡山に同情していた。

いや、むしろ郡山への思いが吹っ切れたからこそ、同情する気になれたのかもしれない。

郡山が、あんなに自信たっぷりに見えて、その実、とても気の小さい男だということ。今、自分が手に入れている「成功」を失うことを、何より恐れていること。――綾子はよく知っていた。

ネットでこうして非難されれば、おそらく表面上は「そんなもの気にしてられるか」と平静を装うだろう。しかし、本当は傷つき、怯えているはずだ。

――綾子は肩をすくめて、

「もう私とは関係ないわ」

と呟いた。

終ったのだ。郡山とは、もう完全に終ったのだ。

「列車が参ります」

というアナウンスに、綾子はケータイをバッグへ戻すと、立ち上った。

12　通夜の客

「やはり、きちんとやろう」

奈倉の言葉に、スザンナは安堵した。

「土曜日に通夜、日曜日に告別式だ。それで斎場を手配した」

スタッフルームの中に、ホッとした空気が流れた。

死んだキャスター、保田の葬儀をどうするか、局の上層部でもめているという話が伝わって来て、スザンナを始め、スタッフはみんな怒っていたのだ。

こっそり、目立たないように内々に済ませてしまおう、という意見があると聞いて、スザンナは、それが事実なら社長室にでも怒鳴り込んでやろうかと思っていた。

「スザンナ、通夜の受付は君が手配してくれないか」

と、奈倉は言った。

「でも、スザンナは社員じゃないんですよ」

と、男性スタッフの一人が言ったが、

「いいですよ」

と、スザンナは言った。「いつも並んで座ってた人ですもの」

「よろしく頼む」

と、奈倉は言った。「今は告別式より通夜に来る人の方が多い。忙しいかもしれないぞ」

「大丈夫です」

スザンナは、どうして奈倉がガラッと変ったのかふしぎだった。こっそりやって、取材も受けないようにしよう、というのが奈倉の意見だったのだ。

それが一転、「きちんとやる」と言い出して、しかも奈倉は格別不満そうでもない。

まあ、いいわ。気にするほどのことでもない、とスザンナは思い直した。

確か、黒のスーツを持ってたわね。

「大丈夫。あれ、夏用じゃなかったわ」

夜は時に肌寒くなるかもしれないから、受付に立つとき、少し暖かくして行こう。

ふと思い付いて、スザンナは杉原爽香へ連絡を入れた。

「――分りました」

と、爽香はスザンナの話を聞いて、「土曜日ですね、お通夜。私も伺います。これも何かのご縁ですから」

しかし、考えてみたら、爽香は保田のことをテレビで見ていただけだ。スザンナは、なんだか無理を言ってしまったような、申し訳ない気持になったが、もう電話を切ってしまった後だった……。


まだ読経《どきょう》が始まっていなかった。

「あ……。杉原さん」

受付に立っていたスザンナが、爽香を見て、「わざわざ恐縮です」

「いえ、そんなこと」

爽香は、久保坂あやめと二人で通夜にやって来た。

「大勢取材が来てますね」

と、爽香は言った。

「ええ、嬉しいです、私」

と、スザンナは言った。

斎場はモダンな造りで、受付も建物の中だったので、寒いことはなかった。

何家族か、同時に通夜をやっていたが、やはり保田の所は人が多く、かつテレビニュースの取材、カメラマンも大勢来ていて、建物のロビーを、ほぼ独占していた。

「よそのお宅の邪魔にならないようにして下さい」

と、スザンナはくり返し注意した。

「おい、スザンナ」

「はい。——あ、杉原さん、あの〈ニュースの海〉のプロデューサーの奈倉です」

爽香は一応挨拶したが、奈倉の方はどこか急いでいる様子で、

「スザンナ、ちょっと中へ入れ」

「え？　何ですか？」

「いいから」

受付は手があるので、スザンナは会場の中に入った。

「あ……」

思わず足が止る。

正面に、スクリーンが設置されて、プロジェクターで、〈ニュースの海〉放送中の保田の姿を映し出していたのだ。

正直、スザンナは驚いた。時間のない中で、こんなに編集した映像を作るのは大変な手間だ。

スザンナは、保田の隣に座ってにこやかに話している自分の姿を見て、胸を突かれた。

保田に意見を求められれば、スザンナは自由に発言した。時として、保田の言葉に反対することもあったが、保田はずっと年下のスザンナの意見にもちゃんと耳を傾けてい

た。決して「世間知らずのお嬢さん」扱いしなかった。

保田の暖かい笑顔がスクリーンに大きく映し出されると、スザンナは思わず涙ぐんだ。

——ハンカチを握って、何度も目に当てた……。

爽香は入口近くに座っていた。

中央の通路に立って、映像を見ているスザンナを、斜め後ろから見る位置だったのだが……。

会場には、取材のカメラマンが何人も入って来て、その光景を撮っていた。ニュース用のビデオカメラも、新聞や雑誌のためのスチルカメラも、しきりにレンズを方々に向けて、この雰囲気を捉えようと苦労している風だった。

だが、その時……。

「——あやめちゃん」

と、爽香は、隣の久保坂あやめに、そっと言った。

「どうしたんですか？」

「向うの壁ぎわで撮ってるカメラマン、いるでしょ。紺のベストみたいなの着て、髪を少し茶色に染めてる……」

「ああ。一眼レフの」

「そう。見てて」

「——変ですね」

あやめは、しばらくそのカメラマンを見ていたが、

「何か……」

「そうでしょ？」

他のカメラマンが、プロジェクターで映した絵や、並んでいる客たちなど、会場のあちこちにレンズを向けているのに、そのカメラマンは同じ方向しか撮っていなかったのだ。

「何を撮ってるんだと思う？」

と、爽香は言った。

「あのレンズの向きからすると……スザンナさん？」

「そう思う？　私もそんな気がする」

映像の映写が終って、拍手が起きた。スクリーンが片付けられる。

爽香は、スザンナが受付へと戻って行くのを見て、あのカメラマンに目をやった。

まるで、「仕事は終った」とでもいう様子で、会場から出て行く。

他のカメラマンは、次々にやって来る客に、有名人はいないかと捜して、待っていた。

「ちょっと見て来ます」

と、あやめが席を立って、会場を出て行った。

やっと読経が始まり、保田の妻を初めに、焼香がスタートした。

半分ほどの列まで焼香が進んだところで、あやめが戻って来た。

それきり口はきかずに、焼香の順番が回って来るのを待つ。

焼香はすぐに終る。——爽香たちは保田の妻へ一礼して、そのまま脇の出口へと進んだ。

帰る前に受付に寄った。

「ありがとうございました」

と、スザンナが言った。

「栗崎様もとても残念がっておられたわ」

と、爽香は言った。「〈ニュースの海〉のインタビューでも、保田さんのことを……」

「はい。あのプロデューサーの奈倉は後で文句言ってましたけど」

「じゃ、また」

何人も、やって来る客がいる。スザンナは対応に追われているようだった。

爽香とあやめは斎場を出て、駅への道を辿って行った。

「——あのカメラマンを見てました」

と、あやめが言った。「外へ出たところで、誰かと立ち話をしてて、封筒をもらってました。現金でしょう」

「スザンナさんを撮るように言われてたのね、きっと」

「そうでしょう。カメラマンと話してたのは、プロデューサーの奈倉でしたよ」

と、あやめが言った。

「プロデューサーが、泣いてるスザンナさんを撮らせる？　ふしぎね」

「何か裏がありそうですね」

と、あやめは言って、「ところで、明日の会食、誰か欠席の連絡とか――」

「今のところ、一人もないわ」

「成績優秀ですね！」

と、あやめは得意げに言った。


「疲れた……」

思わずそう呟いても、誰も聞いているわけではない。

それでも、そう口に出さずにはいられなかった。

スザンナは、マンションに帰ると、しばらく居間のソファにぐったり横になっていた。

保田のお通夜。――予想を遥かに超える人がやって来たことは、スザンナを喜ばせた。

しかし、もちろん、その分スザンナが受付として大変だったのだが。

だから、疲れとはいえ、決して不快な疲れではなかった。――もっとも、これで明日の告別式まで受付をまとめろと言われたら参ってしまうだろう。

お腹も空いていた。ほとんど食べる時間が取れなかったからだが、今はとりあえず……。


「お風呂に入ろう……」

バスタブに湯をためながら裸になって、ともかく体を湯に浸した。

「いけない、いけない……」

のんびりしていたら、眠ってしまいそうだ。

自分を励まして、何とか体を洗い、髪を洗い、やっとバスルームを出て、パジャマを着たのは、もう午前一時を過ぎていた。

冷凍のパスタを電子レンジで温めて、味はともかくお腹に入れて、少し落ちつく。

でも——受付はしなくても、明日昼の告別式にも行かないわけには……。

ケータイに目をやると、メールが入っている。誰だろう？

今夜、一緒に受付をやったスタッフの女性からだ。ご苦労さま。というメールかと思ったら、まるで違っていて、

〈スザンナちゃん！　今、ネットにとんでもない記事が！　ともかく見て！〉

とんでもない、って……。スザンナは、面食らったが、ともかく、〈スザンナ〉で検索してみた。

いきなり写真が——。それも通夜のときの写真だ。

あのプロジェクターの保田と自分の映像を見て涙を拭いている写真だ。

そして、びっくりするような大きな文字で――。

〈号泣！　自殺した人気キャスターの美人パートナーが通夜の席で見せた涙のわけとは？〉

「――何よ、これ」

と、スザンナは愕然とした。

〈号泣〉？　こみ上げる気持で、つい涙も出たが、〈号泣〉なんてものじゃない。

詳しく読んで行きながら、スザンナは信じられない気持だった。

一体誰が書いたのか。保田とスザンナが、「男女の仲」だったことは、番組スタッフの間では常識だった、というのだ。

イギリスから保田を追って来たスザンナは、保田に「奥さんと別れて」と迫った。それが直接の原因となって、夫妻は別居するに至った……。

「馬鹿言わないで！」

保田が妻の貴子《たかこ》と別居したのは、スザンナと知り合う前だ。それも、仕事を持っている貴子が、家事に時間を取られたくないと言って、浮気などがあったわけではないが、別居したと聞いている。

この記事では、スザンナが貴子を追い出したようになっている。

冗談じゃない！——スザンナは、メールしてくれた女性に電話した。

「——ごめん、夜中に。今、メール読んで、写真とか見たから……」

スザンナはどういうことなのか訊いたが、その女性スタッフも、びっくりするばかりだという。

「ね。私と保田さんのことが、スタッフの人たちの中で——」

「そんなことない！　誰も考えてないわよ。これって、中傷だわ」

と、スタッフの女性は腹立たしげに言った。

「ひどいわね。どうもありがとう。知らせてくれて……」

スザンナは、怒る前に途方にくれていた。

「こんなひどい……」

写真一枚で、でたらめの情報が作られる。そういうことがあるのは知っていたが、まさか自分がそんな被害にあうなんて……。

スザンナは「ハクション！」と、思い切りクシャミをしたのだった。

13　生きる歓び

「一体、どういう集まりかしら？」

料理を出したウェイトレスが、戻りながらそう呟いた。

本当に。――何だか、ずいぶん楽しそうな人たちだわ。

中華料理店の奥の個室で、勢いよく食べ、かつしゃべり、笑っているグループは、他ならぬ爽香たちだった。

「お母さん！　餃子《ギョーザ》取って！」

と、ひときわ高く聞こえているのは、珠実の声だ。

「はいはい。――点心ばっかり食べちゃだめよ」

爽香は、珠実の皿に焼餃子を取って言った。

「二つじゃない！　もっと！」

「あのね……。いいわ。じゃ、四つね。他のものも食べるのよ」

「好きなだけ食べさせてあげなさいよ」

と笑って言ったのは、栗崎英子だった。

「もう……。本当に……」

「爽香さん、自分でも食べないと」

「分ってるんですけど」

爽香は、何のための会だか分らなくなっている、この状況に満足していた。

これでいい。何年、何十年と付合って来た人たちが、集まって、おしゃべりしながら食べている。それでいいのだ。

もちろん、この会食の目的は、夫を亡くした河村布子を元気づけることだったが、〈M女子学院〉の高等部教務主任として忙しく仕事に追われている河村布子には、悲しんでいる暇もなかったはずだ。

むしろ、こうしていることで、亡き夫のことを思い出せているかもしれない。

その布子を挟んで、爽子と達郎《たつろう》。爽子はちょうど上海《シャンハイ》でのコンサートから帰って来たところで、今夜だけ空いていた。

「――嬉しいわ、本当に」

と、布子が言った。「爽香さんも、今日子さんも、しっかり自分の人生を歩んでる。教師にとっては、教え子の人生が充実していてくれるのが何よりよ」

浜田今日子が、娘の明日香を連れて来ていた。明日香ももう九つになるはずだ。背は十歳の珠実より高いくらいだった。

「私はともかく、爽香がここまで無事に生きて来たのは奇跡よね」

と、今日子が言った。

「ここでそれを言う？」

と、爽香は苦笑して、「何より、松下さんのおかげ。それと、私のお目付役、久保坂あやめのね」

〈消息屋〉として、警察ともつながりのある松下も、この席に来ていた。爽香とは長い付合いである。

爽香の言葉を受けて、母親の真江《まさえ》が、

「向う見ずな娘ですけど、どうぞお守りしてやって下さいな」

と、頭を下げた。

「四十六の娘を赤ちゃん扱いして」

と、爽香はちょっとむくれて見せた。

ケータイの鳴る音がして、

「ごめんなさい！　ちょっと——」

と、席を立ったのは、綾香《あやか》だった。「ハロー。——イエス。ジャストモーメント」

と、個室を急いで出て行く。

「英語ペラペラか、大したもんだな」

と、松下が言った。

「高須雄太郎《たかすゆうたろう》さんって評論家の先生の秘書なんですよ。アメリカやヨーロッパにも講演に行くので……」

と、爽香は言った。「――瞳《ひとみ》ちゃん、大学はどう？」

死んだ兄、充夫《みつお》の娘、瞳は今年大学に入った。姉の綾香とはひと回り年齢が離れていて、両親とも亡くなっているので、綾香とはほとんど母娘のようだ。

綾香の収入に頼っているのを気にして、瞳は「大学へは行かない」とも言ったのだが、綾香は妹が合唱部にいて歌の勉強をしたがっていることを知っていた。

瞳は短期大学の芸術学部に入学して、声楽を学んでいる。

「うん、楽しい」

と、瞳は肯いて、「アルバイトでも歌ってるの。勉強になるわ」

「へえ。一度聴かせてよ」

「だめ！　自信がついたらね」

瞳は、しっかり食べながら言った。

ともかく――にぎやかな食事だった。

「ごめん」

と、綾香が戻って来る。

「またどこかに行くの？」

と、涼が訊いた。

「カリフォルニアね。たぶん」

と、綾香は息をついて、食事を続けながら、

「――そうだ。今、テーブル席に〈ＡＹＡ〉がいたよ」

爽香は食べる手を止めて、

「それって――エッセイとか書いてる人のこと？」

「そう。名前が〈あや〉で似てるから、何となく親しみがあって」

と、綾香は言った。

まさか、この店に？――爽香は、

「綾香ちゃん。その人、誰かと一緒？」

と訊いた。

「うん、男の人。たぶん編集者じゃない？　どうして？」

「いいえ。――いいの」

危い危い。係り合わないこと。

しかし、そうはいかない運命だった。

岩元なごみが化粧室に行って、出て来たところで、隣の男性化粧室から出て来た男と顔を合せてしまった。

「あれ？　なごみちゃんじゃないか」

「あ、望月さん」

なごみも、まさかバッタリ出会うとは思っていなかったのだが……。

「君も来てたのか。いや、今〈ＡＹＡ〉と食べてるんだ。無理言って、コラムの原稿をもらったからね。そのお礼に」

「良かったですね、間に合って」

「君のおかげだよ」

「そんなこと……。〈ＡＹＡ〉さん、もう大丈夫なんですか？」

「うん、すっかり元気だ。ちょっと会ってくかい？」

「いえ、いいです！　じゃ、私も大勢で来てるので、これで」

なごみは早々に個室へと戻って行った。

〈ＡＹＡ〉のことを聞いて、爽香と明男は顔を見合せた。

あのホテルの佐野という仲居から、〈ＡＹＡ〉が自分を救ってくれた人に連絡を取りたがっている、と伝えて来た。

しかし、爽香は、

「もうすんだことですから」

と、連絡先を教えないでくれと答えていた。

なごみが戻って来てから、少しして、

「——失礼」

と、ドアが開いて、「お食事中、申し訳ない」

「望月さん……」

なごみがちょっと焦っていると、望月の後ろに立っていた女性を、ちょうど正面から見る位置にいた瞳が、

「あ、〈AYA〉さんだ」

と、気付いて言った。

「すみません」

と、〈AYA〉が進み出て、「なごみさんって……」

「私です」

「私のこと、助けてくれた人を知ってる、って望月さんが……」

そのとき、振り向いて〈AYA〉を見ていた珠実が、

「あ、海に入ってたお姉ちゃんだ」

と言ったのである。

爽香はため息をついた。――こうなったら仕方ない。

「何だ、また何かあったのか」

と、松下が愉快そうに言った。

「――まあ、それじゃあなたが」

個室の外に出て、爽香と明男は〈AYA〉――下原綾子に事情を説明した。

「ありがとうございました」

と、綾子は明男に向って、深々と頭を下げた。「馬鹿なことをしてしまって」

「いや、そう思っておいでなら良かった」

と、明男は肯いて言った。

「はい。もっともっとやりたいことがあるって気が付いたんです」

「とても活き活きして見えますよ」

と、爽香は言った。

「ありがとうございます」

綾子はそう言って、明るく笑った。

「それで……」

爽香はちょっと迷ったが、こうなったら黙っているわけにもいかない。「お話ししたいことが……」

「え？」

爽香は、なごみが綾子のマンションへ行ったとき、彼女の部屋へ入ろうとしている男たちに会ったことを話して、

「――知っている人たちですか？」

と、ケータイの写真を綾子に見せた。

綾子はその二人の男の写真をじっと見ていたが、

「――年上の男の方は知っています」

と言った。「でも、もう忘れて下さい。これ以上ご迷惑をかけるわけにいきません」

「あなたがそれで良ければ」

「ええ、もちろんです。これは私のプライベートな問題ですから。――本当にありがとうございました」

綾子の口調にはある覚悟が見て取れた。

こうなると、却って放っておけなくなるのが爽香である。何かあってから後悔するようなことにはなってほしくない。

しかし、これ以上係ろうとすれば、明男を困らせるかもしれないと思うと――。

「無理しちゃいけませんよ」

と言ったのは明男の方だった。「二人では危険なこともある。何か相談したいことがあったら、連絡して下さい」

そして明男は、綾子にケータイの番号とアドレスを伝えた。

「お気づかいいただいて……」

綾子は、ちょっと声を詰らせながら、「万一、どうしても助けが必要になったら、連絡させていただきます」

綾子はくり返し礼を言って、自分のテーブルへ戻って行った。

「明男……」

「これでいいんだろ？　爽香の考えてることぐらい分るよ。何しろ亭主だからな」

爽香はちょっと笑って、

「〈ＡＹＡ〉さんが可愛いからかと思ったわ」

「それも少しはあるかな。――さ、食べようぜ」

明男が促して、二人は個室の中へ戻って行った。


「去年の大晦日《おおみそか》――いえ、午前0時を過ぎていたから、正確にはこの元旦に、夫、河村太郎《たろう》が亡くなって、もうずいぶんたってしまいました」

と、布子が言った。「このごろになって、やっとあの人がいなくなったんだと実感するようになりました。でも……」

と、ゆっくりテーブルを見渡し、

「こうして、大勢の家族に集まっていただいて、思いました。まだあの人は死んでいないと。こんなに大勢の人たちの中に生きているのですから……。爽香さん、ありがとう。こんな楽しい会を開いていただいて」

「河村さんがみんなに愛されてたからですよ、先生」

「そうね。幸せな人だわ、本当に」

と、布子は微笑んで、「私と、爽子、達郎の三人は、あの人の分も使って長生きするつもりなので、よろしく」

拍手が起きた。布子は続けて、

「それに、早川志乃さんとあかねちゃんとも、まだ長いお付合いになるでしょう。よろしくね」

早川志乃は、河村太郎と内縁関係にあって、娘のあかねはもう十六歳である。

多忙な布子に代って、病床の河村の面倒をみてくれたのが志乃だった。あかねも、河村の家の一人として成長して来た。

「いや、すばらしい」

と言ったのは、久保坂あやめの夫で、画家の堀口《ほりぐち》である。「こんなに暖かい一家があるだろうか。ねえ、栗崎さん」

「本当ですよ」

と、栗崎英子も肯いて、「私も、堀口さんの九十六歳には及ばないけど、もう八十八になるわ。でもね、ちっとも死ぬ気になれないの」

と、みんなを笑わせて、

「――爽香さん、あなたも私や堀口さんと同じくらい長生きしなきゃだめよ」

再び拍手が起った。

「私が長生きできるとしたら」

と、爽香は言った。「ここにいる皆さんのおかげです。人間、誰も一人で生きてはいません。ただ――私の場合、無事に生きるっていうのが、ちょっと特別なことだとは、自分でも分ってますけど」

明るく笑い声が上った。

でも、本当に危い目に何度もあって来た爽香である。だが、自分はこうしか生きられないのだ、と気付いている。

そして――この場にはいないが、本当はもう一人、爽香を見守ってくれている人がいる。あのふしぎな「殺し屋」の中川《なかがわ》だ。

これまで、何度も危いところを救われて来た。そして、どういうわけか、爽香の巻き込まれる事件のことを、聞きつけている。

「――さあ、最後に乾杯しよう」

と、堀口が言った。「ウーロン茶でね」

「結構ですね」

と、英子が言った。

「ここはやはり、大女優の出番ですよ」

と、堀口は微笑んで、グラスを手にした。

「それじゃ……」

英子が立ち上り、みんなも椅子をガタつかせて立つ。英子は温いお茶を飲んでいたので、茶碗を手に、ひと言だけ言った。

「未来に！」

14　幻の宴

「お呼びでしょうか」

〈ホテルN〉の支配人室へ入って、佐野このみは言った。

支配人の林の他に、見たことのある顔の男がいた。――誰だったかしら？

「社長、これが佐野です」

と、林が言ったので、思い出した。

写真で見ただけだったので、すぐには分らなかったのだが、この〈ホテルN〉を所有している会社の社長だ。

「あの、何か……」

このみが戸惑っていると、

「分ってるだろう」

と、その社長が言った。

「何のことでしょうか」

社長と聞いても、このみが少しも緊張する様子がないので、面白くなさそうで、

「郡山先生のことだ」

「郡山先生……といいますと」

むろん、すぐに分ったが、知らないことにしておいた方がいいと直感した。

「とぼけちゃいかん。ここで自殺未遂を起した女のことで、話を洩らしただろう」

「おっしゃる意味が分りかねます」

と、このみは冷静に言った。

「あの女が郡山先生の連れだと週刊誌に話したな。いくらで売り込んだ?」

これにはこのみもびっくりした。

「そんなことはしていません。大体、あのときの男の方がどなただったか、今初めて伺いました」

「あくまで言い張るのか」

「本当のことを申し上げています」

「分った」

と、社長は話を切り上げるように、「今日限りで辞めてもらう。これは決定だ」

「でも――」

と言いかけて、このみは林を見た。

林が目をそらすのを見て、分った。しゃべったのは林なのだ。

このみはちょっと深く息をつくと、

「分りました」

と言った。

「話はそれだけだ」

このみは黙って頭を下げると、支配人室を出た。

〈ホテルN〉には寮があるが、このみは近くのアパートから通っていたので、ホテルの更衣室で着物を脱いで私服になった。

廊下へ出ると、林が立っていた。

このみは、

「お世話になりました」

と、会釈した。

「いや……。どうも……」

さすがに、林も目を伏せて、「あの……退職金はちゃんと出すから」

「ご親切に」

「夕方、取りに来てくれたら、用意しとくよ」

「そうですか」

このみは林に向って叩きつけたい言葉を何とか呑み込んで、「――お客様にご迷惑にならないように。今のままだと、夕食どきに混乱しますよ。林さんがよく見て下さい」

「ああ……。そうする」

「では」

このみは足早に玄関へ向った。

出会った仲居が、

「あれ？　佐野さん、帰るんですか？」

「辞めるの。後はよろしくね」

「え？」

呆気《あっけ》に取られている仲居を後に、このみは〈ホテルN〉を出た。

郡山しおりは、自宅のリビングのソファでウトウトしていた。

このところ、睡眠不足だった。全く眠れないというのでなく、夜中にしばしば目を覚ましてしまうのだ。そのせいか、昼間、寝不足を補うように、こうして眠ってしまうのだった……。

ケータイが鳴ってる。――これって夢？

本当に、しおりのケータイがテーブルの上で鳴っていた。〈三田村梓〉からと知って、眠気は一瞬で吹き飛んでしまった。

「──はい！　お待たせして申し訳ありません」

と言った。

「今、お忙しい？」

と、梓は言った。

「いえ、大丈夫です。自宅で、ちょっとウトウトしてしまいまして……」

「それなら良かったわ」

梓の声には、以前の親しげな調子が戻っていた。

「あの……」

「ご主人のシナリオ、さすがね。とてもよくできてるわ」

シナリオ？　何のことだろう？　でもともかく、

「ありがとうございます」

と、礼を言った。

「もう、すっかりあのニュースキャスターとハーフの女の子の関係が広まってるじゃないの。今は本当に早いのね」

そうか。郡山が仕掛けたスキャンダルのことをシナリオと言っているのだ。

しおりはホッとして、

「ありがとうございます」

と、くり返した。「主人と私で、考えたんですの。うまい具合に行ってくれたようで」

〈テレビK〉以外の局が、ワイドショーで保田とスザンナ・河合の情事を取り上げてくれたのが大きかった。

他局にしてみれば、〈ニュースの海〉の人気に水をさす好機だったのだ。

一週間もたたずに、スザンナは〈ニュースの海〉から姿を消していた。

週刊誌やスポーツ紙も、大きく二人の関係を報じた。――もちろん、その記事の中に、〈スザンナは否定〉という一行が入っていたが、誰もそんなことは気にしなかった。

「ご主人の力は大したものね」

と、梓は言った。「このまま行けば……」

「ええ、あのスザンナって子を、もっと追い詰められればと思っています」

「そうね。あの子が何を言っても信用されないようになれば……。それでね、今日お電話したのは――」

と、梓は口調を変えた。

「はい。どういうご用でしょうか」

一瞬、しおりの頭を不安がよぎった。この前の梓の冷ややかな話が忘れられないでいたのだ。

しかし、

「今度ね、年に一度の〈懇親会〉が開かれるの」

「はあ……」

「正式な名称はないのよ。あくまで内輪の集まりでね、ごくごく限られた方だけが参加するの。首相官邸でね」

「まあ、官邸で」

「ええ。総理を支えて下さっている方を招いてね。これはとても特別なことなのよ」

梓は、「特別な」という言葉に力をこめた。

「そんな席に……招いていただけるんでしょうか」

しおりの胸はときめいた。

「ええ、ご夫妻でね。これは本当は口にしちゃいけないんだけど、あなたなら話しても大丈夫ね」

「はい」

「総理は、とてもあなたとご主人のことを気に入っておいでなの。今度の会にも、『ぜひ郡山君を』とおっしゃってね」

「光栄でございます。そんな風に……」

「このことは誰にも内緒よ」

「はい、承知しております」

「近々招待状が行くわ。くれぐれも、他の方に話さないでね」

「かしこまりました！」

「総理がそこまで信頼されているんですから、どうか期待を裏切らないようにね」

「もちろんです」

「じゃあ、また。――その会までに、すっかり方がつくようにして下さいね」

念を押すように、梓が言った。

――通話を終えて、しおりはしばらくケータイを握りしめていた。

特別な会に……。考えただけで、胸が躍る。

しかし、同時に、梓の最後の言葉が、しおりの耳に残っていた。

その会までに、すっかり方がつくように。

そうだわ。あのスザンナのスキャンダルを現実のものに仕立て上げなければ。

しおりは、夫のケータイにかけた。

「――どうした」

「あなた。今、どこ？」

「仕事場だ。何かあったのか」

しおりは、三田村梓からの電話について、夫にくり返し話して聞かせた。

「——ね。凄いことなのよ！」

「ああ、分った。何とかうまく乗り切ったな」

「でも、まだ分らないわ。あなた、あのスザンナって子を、二度とマスコミの世界に戻れないようにしてちょうだい」

「それはまあ……。今でも、もう人前にほとんど出ないようだしな」

「そんなことじゃだめよ！　今の子はしたたかだから。イギリスに帰るように仕向けたら？」

「おい、待て。そううまく行くか……」

「でも、あなた——」

「分った、ともかく何か考える」

と、郡山は言った。「急ぎの仕事なんだ」

「いいわ。それじゃ、帰ってから話しましょう」

「ああ」

郡山は通話を切ると、「言い出すと止らないんだからな」

と、苦笑した。

「奥さんの声、大きいのね」

ベッドの中で、小久保ルイが言った。「すっかり聞こえちゃったわ」

「聞かなかったことにしてくれよ」

「分ってる」

と、ルイは郡山に肌をすり寄せて、「その代り、何か買ってね。『常識的な額』のものでいいから」

「ああ、何がいい？」

と、郡山は笑いながらルイを抱き寄せた。

すると――ルイが、「キャッ」と短く声を上げて、郡山から離れたのだ。

どこか、痛い所にでも触ったのか、と郡山が体を起すと、

「お邪魔さま」

と、声がした。

郡山はドアが開いているのに初めて気付いた。そこに立っていたのは、〈AYA〉、下原綾子だった。

「お前……」

郡山が呆然としていると、

「忘れたの？　私にここの鍵をくれたのを」

オフィスの中のベッドルームだ。

「そうだったか……。だが、いきなり入って来るなよ」

郡山は不機嫌になって、「ともかく――少し外で待ってろ」

「結構よ。大した用事じゃないの」

と、綾子は言った。「請求書を持って来たのよ」

「何だ、それは？」

「私のマンションの鍵を開けようとして、ドアに傷を付けたでしょ。塗り直して、鍵も交換したから、その代金」

「何だ？　そんなこと、知らんぞ」

「とぼけないで。あなたの所に出入りしてるお役人さんが、私のマンションに入ろうとしてた。でも残念ながら、私、つい半年前に鍵を落としてね。玄関の鍵、取り替えたところだったの」

「だが……」

「知らなかった？　私が海で死のうとしたこと」

「それは……ホテルから連絡があった」

「でしょ？　それで、あなたと付合ってたことが分るものがないか、私の部屋へ調べに入ろうとしたのね」

「それは知らん。俺がそんなことを――」

「頼んでなくても、同じことよ。私の部屋の鍵をこじ開けようとした二人組の写真が残ってる。パトカーも空巣の未遂で駆けつけたのよ」

綾子はそう言うと、「でも、どうでもいいわ。もうあなたに何の未練もない。でも、やっぱりこれは払ってちょうだい」

と、請求書をヒラヒラと振って見せる。

「仕事机の上に置いとくわ。振り込んでね」

と言ってから、「またずいぶん若い子を引張り込んだのね！　――あなた、この人がどういう人か知ってて付合ってるの？」

「大きなお世話だ！」

と、郡山がムッとした様子で、「払うものは払っとく。帰れ！」

「もちろん、帰るわよ。でも、あなた、大変じゃないの。どう隠したって、本当のことはいつか分るのよ」

「何の話だ」

「可哀そうなニュースキャスターのことよ。スザンナって子を悪者にしようとしてるみたいだけど、いい加減にしなさいよ。――ね、そこのあなた。都合が悪くなったら、いつどんな目にあわされるか分らないわよ。せいぜい用心することね」

綾子はそう言うと、「お邪魔しました」

と、ひと言、出て行って、ていねいにドアを閉めた。

15　記事の裏

〈官邸御用達作家との不倫の果て！〉

〈人気女性ライターが自殺未遂！〉

郡山しおりは、その週刊誌の記事を、地下鉄の中の広告で知った。

三田村梓から言われた、特別な〈懇親会〉。——その席に何を着て行くか。

そう考えただけで胸が弾んだ。

そして、思い立って、都心のデパートに行っての帰りである。

どんな服がいいのか。もう少しゆっくり検討してから、とも思ったのだが、ともかくそのために「服を選ぶ」だけで幸せな気持になっていた。

気に入った服を、少し派手なものと、あくまで控え目なものと、二つ選んで、オーダーした。

それを実際に着るかどうかは分らないが、それでも良かった。ともかく、何か準備しないではいられなかったのである。

デパートの中の高級ブティックで無料の喫茶券をもらって、ケーキと紅茶を味わって来た。

いい気分で、帰りの地下鉄に乗った。まだ夕方というほどの時間でもないので、空席があって座れた。

車両の中を見渡して、この中で、総理と会って、しかも親しくできる人間は私一人なんだわ、と考えると、つい胸を張りたくなる。

私はただの主婦じゃないのよ！

目を上げて、そこに週刊誌の広告があった。そして――〈官邸御用達作家〉？〈人気女性ライター〉？

〈官邸〉の文字が、まず目に飛び込んで来たのだ。

何かしら、あれ？

しばらくは、そのタイトルの意味がよく分らなかった。ただ、〈作家〉〈官邸〉〈女性ライター〉といったバラバラの単語が頭に入って来ただけだった。

しかし、やがてそのタイトルの中身が――記事の中身ではなく――一つにつながって、ピントが急にはっきり合うように分った。

「どうして、こんな……」

大手ではない、小さな出版社の発行している週刊誌だ。しおりは手に取ったこともない。

そうだわ。誰もあんな週刊誌の記事なんか信じない。すぐに忘れられて行くだろう。

でも――今のしおりには、〈官邸〉の二文字が重要だった。

ともかく……手に入れよう。読んでみなくては！

思い立つと、しおりは次に停った駅で降りてしまった。

売店、売店。――改札口を出ないと、売店はなかった。

やっと見付けた売店で、その週刊誌は隅の方に置いてあって、目に付かなかった。

しおりは、買ってその場で見るのははばかられて、階段を上って地上へ出ると、目の前にあった小さな喫茶店に入った。

「コーヒーを」

何でも良かったが、ともかく注文して、買って来た週刊誌を広げる。

ある海辺の温泉旅館で、女性客が海へ入って死のうとしたのを救助された。その女性は若い女性に人気のコラムのライター〈A〉で、一緒に来た男性から別れを告げられ、発作的に死のうとしたとみられる。

しかし、たまたま彼女が海へ入るのを見ていた他の泊り客が、泳いで行って彼女を助けた。

同行していた男性は一人で先に発った後だったが、現首相のお気に入りの作家だと判明した……。

その作家のことは、単に〈作家〉としか書かれていなかった。〈作家〉と〈A〉。

これでは誰のことか分るまい。——とりあえず、しおりはやや安堵した。

だが、コーヒーが来て一口飲むと、あまりのまずさにカップを置いて、じっくりと記事を読み直した。

〈官邸御用達作家〉が郡山だということは、多少でも本を読む人なら分るだろう。いや、あくまで「違う」と否定すればいいことだが。

この記事が、どこから出たものか、読んで行くと、どうやら泊っていた旅館の人間の話らしいと分った。従業員か、それとも泊り客か。

人気ライター〈A〉が、〈AYA〉であることは、しおりにも分っていた。もちろん、今の郡山にとっては「恋人の一人」だ。

でも、〈人気ライター〉の〈AYA〉が、自殺未遂?

そんなに思い詰めていたのだろうか。きっと夫はただの「遊び相手」としか思っていなかっただろうが。

ともかく、この記事が大きな反響を巻き起すことはまずないだろう。放っておけば、きっと忘れられる。だけど……。

しおりの中で、不安が広がって来た。

せっかく、三田村梓が「招待状を送る」と言ってくれたのに、こんなタイミングでこの記事が……。

そう。これ以上、騒ぎが大きくならないようにしなくては。あの〈AYA〉が、テレビの取材などにペラペラしゃべってしまったら……。

たまらなくなって、しおりは夫のケータイへかけた。しかし、電源が切ってあった。しおりは、夫のケータイへメールで、「すぐ連絡して」と入れておいた。何の用かは分るだろう。

喫茶店を出ると、しおりは地下鉄の駅へ戻る気にもなれず、タクシーを拾って、家へ向った……。

ドライバーに救われた、と言ったら、車の事故の話かと思われそうだが、そんな話ではなかった。

ドライバー、すなわち、「ネジ回し」のことだったのである。

「本当にもう……」

と、スザンナ・河合は浴室でため息をついた。

もともと、苛々がつのっていたのは、もちろん、死んだキャスター、保田と関係があったという、根も葉もない噂を流され、〈ニュースの海〉も降板させられてしまったせいだ。

保田の死が、郡山の圧力のせいだということを隠すために、自分が利用されたことも、分っていた。しかし、一旦ネットでフェイクニュースが流れると、もう止めることはできない。

スザンナはテレビ局の社員でもなかったので、降板させられるのに抵抗するすべも持っていなかったのだ。

週刊誌やワイドショーに追い回され、マンションから出られなくなったので、ますます苛立ちがつのっていた。

そして、夜、風呂へ入ろうとしたら――。

お湯を沸かすためのパネルが、〈電池切れ〉を起していて、作動しない。電池を換えようとしたが、防水のために、パネルはネジで止めてあり、電池を換えるためには、ネジを外さなくてはならなかった。

ところが、スザンナはドライバーというものを置いていなかった。

どうしよう……。少し迷ったが、隣の部屋の人に借りようと思い立った。

といっても、都会のマンションの事で、隣がどんな人か全く知らない。スザンナがテレビの仕事で、普通の勤め人とは違う生活をしていたので、顔を合せたこともなかったのだ。

でも、まあ……ドライバーを貸して下さいと頼むぐらいのことなら……。

スザンナは思い切って、部屋を出ると、隣の部屋のドアの前に立った。表札に名前が入っていないのは、スザンナも同じだ。

ちょっと咳払いしてから、チャイムを鳴らしてみる。――まだ夜の九時だから、そう遅い時刻というわけでもあるまい。

しかし、二度、チャイムを鳴らしてみたが、返答がない。留守かしら？

迷っていると、

「――何かご用？」

と、女性の声に、びっくりして振り向く。
四十五、六かと見えるスーツ姿の女性が廊下をやって来た。
「そこ、私の部屋だけど……」

「あ、すみません！　隣の者ですけど、ちょっと……」

スザンナが早口に事情を説明すると、

「ドライバーね。確か引出しに入ってたと思うわ。私もめったに使わないけど」

と、微笑んで、「いいわ、じゃ、ともかく入って」

感じのいい人だ、とスザンナはホッとした。

部屋へ上ると、スザンナの部屋とほぼ同じ広さのようだが、左右が逆になった作りで、何だか妙な感じだった。

「すみません、お帰りになったところに」

と、スザンナが言うと、

「構わないわよ。一人暮らしで、気楽だし」

台所で引出しを探すと、じきに見付けて、

「――これ、何本かセットになってるわ。プラス、マイナス、どっち？」

「あ……。どっちかしら。よく見なかった」

「じゃ、両方持ってらっしゃい。私は着替えるから、返してくれるのは明日でいいわよ」

「でも、それじゃ……」

「あなた、テレビのニュース番組に出てる人でしょ。前に見かけて、気が付いたわ」

「はい。でも――今はもう」

「スザンナさん、だっけ？」

その女性は稲葉《いなば》寿子《とし こ》と名のって、「良かったら、お茶でも？　お気に入りのクッキーがあるの」

人当りの柔らかさが心地良くて、このところ少し気持のささくれだっていたスザンナはホッとした。遠慮なく紅茶をもらい、確かにおいしいクッキーをつまんだ。

たぶん、スザンナについての噂も知っているのだろうが、口に出さない。隣人として、訊いて失礼にならない会話にとどめてくれているのが分って、スザンナは感心した。

この近くというそのクッキーの店の場所を聞いて、スザンナは、

「今度、ぜひ行ってみます」

と言った。「すっかりごちそうになっちゃって」

「いいのよ。じゃ、クッキー、いくつか持って行かない？　今、キッチンペーパーに包んであげるわ」

と、さっさと立って台所へ行く。

その身軽さというか、押し付けがましいところがないことに、スザンナはまた感心したが……。

戻って来ると、

「スザンナさん。今、部屋に誰かいる？」

「え？　私の部屋ですか？　いいえ、誰もいません」

と、面食らっていると、

「こっちへ来て」

と手招きされ、台所の明りを消してカーテンを開ける。「ほら、向いのビルのガラスに、あなたの部屋が映るの。明りが点いてて、今、人影が……」

「まさか。鍵はかけて来ましたけど」

と、スザンナは言った。

「じゃ、気のせいかしら？　でも、確かに——」

　そのとき、スザンナはハッと息を呑んだ。カーテンに、はっきりと人影が映っていたのである。

「誰か入ったんだわ。でも、鍵を持ってる人なんていないし……」

「じゃ、空巣かしら？　でもこんな時間にね」

「そうだ」

スザンナは、ケータイを持って来ていた。

「これで、部屋の電話にかけてみます」

「なるほどね。怪しい人でなきゃ、電話に出るでしょうね」

スザンナは自分の部屋にかけてみた。居間の電話が鳴っているはずだ。――しばらく鳴らしてみたが、誰も出ない。

「――おかしいですよね。一一〇番通報しよう」

「待って。明りが消えたわ」

と、稲葉寿子が言った。「出て来るかもしれないわね」

電話が鳴ったのにびっくりして、逃げようとするのだろうか。

　スザンナは急いで玄関へ走った。

　ドアから廊下を覗くスコープが付いている。見ていると、隣のドアが開く音がして、誰かが出て来た。そして、スザンナが覗いているドアの前をせかせかと通り過ぎて行く。

「――どうだった？」

　と、寿子が訊いた。

「ええ……」

　スザンナは、どう言っていいか分らなかった。

「顔、見えたの？」

「見えました」

「知ってる人？」

「知っていますけど……鍵をどうして持っていたのか……」

　それはプロデューサーの奈倉だった。

　奈倉がなぜ？

　呆然として立っていると、突然ケータイが鳴って、スザンナはびっくりした。

「あ……」

　杉原爽香からだ。出てみると、

「スザンナさん？」

「はい、どうも。あのときは――」

「お詫びしなきゃいけないことがあって」

「何のことでしょうか？」

「亡くなったキャスターの保田さんとあなたに何かあった、ってネットで……」

「そうなんです。もちろん、でたらめなんですけど」

「分ってます。あのお通夜のときの写真がスポーツ紙とかに流れたんですね」

「ええ。確かにあのとき、映像を見て涙ぐみましたけど、それを『号泣した』と書かれて……」

「私、あのとき、その写真を撮ったカメラマンに気付いてたんです」

「といいますと……」

　爽香は、そのカメラマンがスザンナだけを撮っているのに不自然なものを感じたことを説明した。そして、その後カメラマンにお金を渡していたらしい男が――。

「――奈倉さんが？」

「ええ。そのことを、すぐにお知らせしておけば……」

「偶然って、あるものですね」

と、スザンナは言った。「たった今、奈倉さん、私の部屋へ忍び込んで、出て行きました」

「今、ですか？」

「私、ドライバー借りに、お隣にお邪魔していて。そうでなかったら、奈倉と出くわしてたでしょう」

スザンナの説明を聞いて、

「警察を呼んだ方がいいですよ」

と、爽香は言った。

「そうですね、やはり……」

「知ってる人だからといって、ためらっていてはだめですよ。奈倉さんはあなたの部屋の鍵を持っているわけですから。またいつでも入れるんです。お留守と思っていたんでしょうが、何か目的があったはずです。あなたにとって危険なことかもしれません」

「分りました」

「指紋が残っているかもしれません。大切な証拠です。用心して」

「はい。――あの、杉原さん」

「何でしょう？」

「まるで謎解きを始める名探偵みたいですね！」

スザンナは、こんなときなのに、ついそう言わずにいられなかった……。

16　邪魔者

「奈倉がどうしたって?」

と、〈テレビK〉の編成局長、馬垣は思わず訊き返した。

「警察に呼ばれたそうです」

と、〈ニュースの海〉のスタッフの男性が眠そうな顔で報告した。

「どうしてだ?　何かやったのか」

と、馬垣が訊く。

「それが……よく分らないんですが……」

と、スタッフは首をかしげて、「何でも住居不法侵入とか」

「不法侵入?　どこへ忍び込んだんだ」

「それが、どうもスザンナの所らしいんですよ」

馬垣は黙ってしまった。——何があったのか、見当がついたからだ。

「すると……本人も認めてるのか」

「さあ、そこは分りません。今はまだ参考人ということらしいですが」

「――分った」

と、馬垣は肯いた。

「あの……」

「〈ニュースの海〉はいつも通りだ。手順も決ってるんだ。やれるだろう」

「はい。何とか……」

「じゃ、ちゃんとやれ！」

馬垣は苛々と言った。

スタッフがあわてて出て行く。

馬垣は深々と息をついて、

「あいつ……」

と呟いた。

保田キャスターの死と、スザンナの降板で、〈ニュースの海〉ははっきり視聴率が低下していた。それは当然のことだった。

メインキャスターが毎日変わる。生放送を支えられる社内のアナウンサーは少ないのだ。

慣れないから、ミスも多いし、一回の放送の中で、何度も「訂正とお詫び」をするはめになる。

急ごしらえの新コーナーは一向に面白くない。やはり、聞き手の力が不足していると、ゲストの話も引き出せない。

もともと素人だったスザンナだが、彼女には誰もが話しやすくなる雰囲気があった。

ともかく——何とか手を打たなくては。

そうなのだ。何とかしなくては、と話していた。奈倉と。

そのとき、

「スザンナを降ろしてしまったのは、痛かったな」

と、馬垣は言った。

「はあ……。ですが——」

「分ってる。俺が言ったんだ。保田と怪しかったことにしろ、と。あの郡山のせいだ」

後になって考えれば、保田の恋人がスザンナである必要はなかった。他の誰かでも良かったはずだ。自殺の原因になった女、というだけなのだから。

しかし郡山は、おそらくとっさの思い付きで、スザンナを挙げた。馬垣としても、逆らうことができなかった。

「それに——見ましたか、週刊誌」

と、奈倉が言った。

「何の話だ？」

馬垣は奈倉の話で、初めて週刊誌がスクープした〈ある作家と人気女性ライター〉の関係を知った。話を聞いて、

「自殺未遂？　そのライターっていうのは誰だ？」

「噂では〈ＡＹＡ〉らしいということです」

「ああ。――名前は知ってる」

局長ともなると、もちろん年齢的にもだが、若い世代向けの雑誌にまで目を通していられないのだ。

「週刊誌は実名を出してませんが、間違いなく郡山さんですよ」

「好き者だな、全く。続報は出てるのか？」

「いえ、まだ。テレビは郡山さんの名前を出さないでしょう」

「そうだな。女が死んでればともかく、助かってるんだからな」

しかし、馬垣は「何かが起りそう」な空気を感じた。

郡山の足元が、崩れかけているのかもしれない。スザンナのことを持ち出したとき、郡山が焦りを見せたこと。彼女の名前を間違えて気付かなかったことを思い出した。

もともと、「総理の友達」といっても、そのつながりは細い糸のようなもので、官邸側が、いつでも切ることができる。

郡山はその予感に怯えている。いや、そこまで行っていなくても、不安になっている。そこへ、週刊誌の記事だ。もし、郡山の名が出れば……。

「――おい」

と、馬垣は言った。「スザンナはどうしてる？」

「は？　いや――どうしているかは知りませんが」

「イギリスに帰るってことはないだろうな」

「どうでしょう。連絡を取っていませんので……」

もし郡山が〈ＡＹＡ〉のことで今のポジションを失うようになったら……。

馬垣はしばらく考えていたが、

「――本当にどうだったのか、当ってみろ」

と、奈倉に言った。

馬垣は、もちろん〈ＡＹＡ〉と郡山のことを言ったのだった。奈倉は、

「分りました。すぐに」

と、肯いて、「彼女の部屋の鍵を持ってますから、様子を調べられますよ」

「そうか」

奈倉がせかせかと出て行った。

馬垣はふと、「どうして奈倉が〈ＡＹＡ〉の部屋の鍵を持ってるんだ？」と、首をか

しげたが、ちょうどスポンサーから電話が入って、すぐにそんな思いは忘れてしまった。

「――あの馬鹿めが！」

と、馬垣は吐き捨てるように言った。

奈倉は勘違いしたのだ。馬垣が当ってみろと言ったのは〈ＡＹＡ〉と郡山のことだったのに、スザンナが帰国しようとしていると言われたと思い込んだ。

〈ニュースの海〉の仕事をしている間に、何かの機会で、奈倉はスザンナの部屋の合鍵を手に入れた。あるいはこっそり作らせたか。

それで、奈倉は留守のスザンナの部屋へ入った。しかも、見られていたのだろう、警察に呼び出されている。

うまく行かないときは、何もかも食い違い、とんでもない間違いをおかすものだ。

それにしても――ひと言、念を押せば良かったじゃないか！

馬垣は頭痛がして、

「おい！　頭痛の薬を買って来い！」

と、秘書に向って怒鳴った。

「その節は」

と、ていねいに頭を下げた人を見て、

「ああ。佐野さんでしたね」

と、爽香は言った。

「お仕事中に申し訳ありません」

「いえ、いいんですよ。お時間はあります？　じゃ、近くでコーヒーでも」

爽香は、佐野このみを〈ラ・ボエーム〉へ連れて行った。

「――まあ。いい雰囲気のお店で」

と、このみは言った。

コーヒーを飲みながら、

「東京へはご用で？」

と、爽香が訊くと、

「いえ。仲居の仕事はクビになりまして」

「え？　どうかしたんですか」

「週刊誌に……」

「ええ。部下から聞きました」

このみの話を聞くと、

「それじゃ、ぬれぎぬですね」

「でも、いつまでもあそこにいるつもりもなかったので」

と、このみはコーヒーを飲んで、「とてもおいしいですね。あのホテルとは大違い」

「それはどうも」

と、マスターの増田《ますだ》が微笑んだ。

「でも、あなたをクビにするなんて、社長さんも馬鹿ですね」

と、爽香は言った。「雇っておけば、それ以上話が外へ出ないのに、辞めてしまったら何でも自由にしゃべれますものね」

「さすがによくお分りですね」

と、このみは言った。「しゃべったのは支配人の林ですけど、私、続報の材料を提供しようと思ってますの」

「〈AYA〉さんとはお会いしました」

と、爽香は言った。

事情を聞いて、

「そうですか。――実はそのことで、杉原さんのご意見を伺いたかったんです」

「それって……」

「あの郡山という人、色々聞くと、要するに、『虎の威を借る狐』じゃありませんか。腹が立って。ちゃんと実名を出して報道すればいいと思うんです。でも、〈AYA〉さんのお気持がどうかと気になって。これ以上騒がないでほしいとお思いなら、何も言わないことにしようと」

爽香は肯いて、

「そうした気配りのできる方なんですね。確かに、実名を出すなら二人とも、ということになりますね」

「どう思われますか？」

「それは当人に伺うしかないでしょうね」

と、爽香は言って、「主人から連絡させましょう」

「お願いできますか」

「主人って、女の人が心の中を打ち明けたくなるみたいなんです。自分の女房は分りませんけど」

「まあ。——お幸せなご夫婦じゃありませんか」

と、このみは笑って言った。

「そう見えます？」

「あのホテルで、沢山ご夫婦を見て来ましたもの。私の目に狂いはありません」

「主人にそう言ってやって下さいな」

と言って、爽香はケータイを取り出し、夫へかけた。

玄関へ出ると、スーツ姿の女性が立っていた。

「何か……」

と、しおりは言った。

「総理官邸から参りました」

と、女性はバッグから白い封筒を取り出した。「〈懇親会〉へのご招待状です」

「まあ、どうもわざわざ……」

「紛失したりすると大変なので、お届けしています」

「ありがとうございます！」

と、しおりは受け取った。

「ご出席下さると伺っていますので、特に出欠のご返事は必要ありません。それではこれで」

と、一礼して出て行く。

「ご苦労さまで……」

と言いかけたとき、もうドアは閉っていた。

とうとう……。来たんだわ！

居間へ入ると、しおりは震える手で封筒を開けた。

招待状を取り出すと、プラスチックの名札が二つ、落ちた。

ネームプレートだ。鮮やかな黄色の紙に、〈郡山透〉〈郡山しおり〉とプリントされている。

しおりの胸がときめいた。――こんなことが……。

私たちは、今「特別な人間」のグループに加わったのだ！

「そうだわ」

急いで、夫に電話した。

「――何だ？」

と、いつもの無愛想な声。

「来たのよ！　招待状が！」

「ああ……。そうか」

「今夜、早く帰ってね」

「うん、そうする」

気のせいか、夫の声も少し弾んで聞こえた。

それとも――若い女の子とベッドの中にでもいるのだろうか。

しかし、今のしおりには、そんなことなどどうでも良かったのである……。

17　八つ当り

もう何度めになるだろう。

「馬鹿め！」

という馬垣の怒鳴り声が、奈倉の頭にガンガンと響いた。

そう何回も言わなくたって……。その思いが顔に出たのだろう、

「何だ、その顔は」

と、馬垣に冷ややかな声で言われて、

「いえ、別に……」

と、あわてて首を振る。

もちろん、奈倉だって言いたいのだ。

あの場合、「当ってみろ」と言われて、「〈AYA〉と郡山のこと」だと分っただろうか？　俺が「スザンナのこと」と勘違いしたのは当然じゃないのか。

ちゃんとはっきり言ってくれないのがいけないんだ！　あんたのせいだ！

心の中でいくら食ってかかっても、口には出せない。

「スザンナはお前を訴えると言ってる」

と、馬垣が言った。「部屋に指紋まで残して来たとはな」

「まさか見られているとは……」

馬垣はアームチェアに体を沈めると、

「社長に頼み込んで、何とかクビにはならずに済んだ」

「はあ」

「差し当り、〈ニュースの海〉を担当していろ。すぐに替りといっても見付からん」

「はい」

「替りが見付かるまでだ。何回かは分らん。タイトルからは名前を削る。担当を外れた後のことは……。どこへ行かされても文句言うなよ」

ここまで言われたら、奈倉としては、

「はい」

と言うしかない。

しかし、今さらとんでもない部署に回されたら……。耐えられるだろうか？

「ともかく――」

と、馬垣は言った。「スザンナに訴えを取り下げさせるのが第一だ。お前も黙って他人の部屋に入って、無事に済むと思っていたのか？」

「局長、何とかスザンナに話して、告訴を取り下げてもらいます」

と、奈倉は言った。「確かに、無断でスザンナの部屋へ入りましたが、何も盗ってはいません。イギリスへ帰る仕度をしていないか、確かめただけで……」

「それを『だけ』と言えるのは、自分の都合のいい想像だぞ。スザンナは怒ってる。あの通夜の写真のことでもな」

「あれは、その場に居合せたカメラマンなら誰でも撮れたわけですから、うまく言い逃れてみせますよ」

「おい待て」

と、馬垣が、出て行きそうになる奈倉を止めて、「お前、また自分でスザンナと話すつもりなのか？　へまをしたら、今度こそクビだぞ」

「大丈夫です。それより、スザンナに、もし告訴を取り下げたら、〈ニュースの海〉に復帰させると話してもいいですか」

馬垣はちょっと渋い顔になったが、

「仕方ないだろうな。こっちとしては、それぐらいは譲るということで話してみろ」

と言った。

「分りました」

奈倉は、やっと少し張り切っていられた。

馬垣の部屋を出ると、そのままスザンナのマンションへと向った。

「——全く、あんな娘に泣かされるとはな」

と、奈倉は呟いた。

しかし、何とか話をつけなくては。

そろそろ暗くなりかけていた。

奈倉は何だか妙に楽天的な気分だった。この手の男によくある「何でも自分に都合よく解釈する」タイプなのである。

他人の部屋に勝手に入ったが、「何も盗ったわけじゃない」から、相手はそう怒っていないだろう。それに——これはテレビ局の人間によくあるが——〈ニュースの海〉に戻れるとなれば、スザンナだって喜ぶに決っている、という思い込み。

テレビの関係者は、「誰でもテレビに出たがっている」と信じているものなのだ。

奈倉は、マンションへと入って行きながら、

「スザンナが感謝してくれる」

光景すら想像していたのである。

だが——奈倉がロビーへ入って行くと、ちょうどエレベーターが下りて来て、扉が開いた。

「ありがとうございました。来て下さって」

と言ったのはスザンナだった。

そして、奈倉に気付くと、

「――奈倉さん、何しに来たんですか?」

と、険しい表情で言った。

スザンナと一緒にいたのは、杉原爽香だった。


「帰って下さい!」

と、スザンナは叩きつけるように言った。

「なあ、ともかく話だけでも聞いてくれよ」

と、奈倉は急いで言った。「局長も、君に〈ニュースの海〉に戻ってほしいと言ってるんだ」

「図々しい! 告訴するって伝えたはずですよ。それに、私が保田さんの恋人だったってでたらめを――」

「いや、あれは僕の知らないことだよ」

「そんなわけはありません」

と、爽香が言った。「カメラマンにお金を渡したところを見ています」

「何だ、あんたは？」

と、奈倉がムッとして言った。

「お通夜のとき、ご挨拶しています。お忘れかもしれませんが」

「そうだったか……。そのカメラマンに――」

「ええ、不自然だと思って見ていたんです。スザンナさんだけを撮っていたので。外へ出てから、あなたがそのカメラマンに封筒を渡していたのを見ています」

「それは……」

時間があれば、何か言いわけを考えられただろうが、とっさのことで、頭が回らない。

「ひどいじゃありませんか」

と、スザンナが言った。「私が保田さんの恋人だったなんて、誰が考えた筋書ですか？」

「スザンナ。君も大人になれよ。この世界は金と力なんだ。力のある人間に逆らったら、生きて行けない」

スザンナはちょっと笑って、

「古くさいことを。今どきのテレビ局って、もう少し進んでるのかと思ってました」

「郡山さんという方ですね」

と、爽香が言うと、奈倉が目に見えてギクリとした。

「何の話だ？」

「郡山透さんの発言で、保田さんが番組を降ろされた。それをごまかすために、保田さんに彼女がいたという話を作り上げたんですね」

「あんたがどんなに偉い人間か知らんが、郡山さんに楯ついたらどうなるか、分ってるのか？　後悔することになるぞ」

「奈倉さん！」

と、スザンナがたまりかねて、「何を言ってるか分ってるんですか？　脅迫ですよ、それは」

「俺は事実を言ってるんだ。君も後で泣いても知らんぞ」

何としてもスザンナに、告訴を取り下げてもらう、という目的は忘れてしまっていた。いつも人に命令し、指図する立場にいると、気に食わない相手に対して黙っていられなくなるのだ。

「もう沢山。帰って下さい。告訴は取り下げませんよ」

そう言われてハッとした。このまま帰って、馬垣にどう報告する？

「ともかく……君も少し冷静になってくれ。話し合おう」

「私は冷静ですよ。杉原さんもね。一人でカッカしてるのはあなたです」

今はどうしようもない。

「――分ったよ。今は帰る。だが話し合いの余地は――」

「ありません。玄関の鍵も取り替えましたから。もう入れませんよ」

「スザンナ……。一緒に〈ニュースの海〉をやって来た仲じゃないか」

奈倉は本気でそう言っていた。仲間、同志なのだ、と。

「都合のいいときだけ仲間にしないで下さい」

と、スザンナは真直《まつす》ぐに奈倉を見て、「死ななきゃならなかった保田さんの悔しさを考えないんですか」

さすがにそう言われると奈倉も言い返せない。

「分った。――帰るよ」

奈倉は憮然としたまま、マンションを出て行った。

「どこまで無神経なんだろ！」

と、スザンナが腹を立てると、

「スザンナさん」

と、爽香が言った。「少しの間、どこか友達の所へでも行っていた方がいいですよ」

「え？　どうしてですか？」

「今の、あの奈倉という人の様子を見てて、思ったんです」

「というと……」

「私、ずいぶん色々な危い目にもあったし、事件に係っても来ました。ああいうタイプの人は、追い詰められると何をするか分りませんよ」

「それって……私が狙われるということですか？」

「一度はあなたの部屋へ勝手に入ってるんですよ。たぶん、上司からはにらまれているはずです。だから、あんな支離滅裂な言い方をするんでしょう」

「――そうかもしれませんね」

と、スザンナは肯いた。「でも、友人といっても、日本にはあまり……。どこかの旅館に泊ろうかしら。適当な名前で泊れば」

「それでもいいですね。ともかく、この数日の間には、テレビ局の方で動きがあるでしょう」

と、爽香は言った。「用心に越したことはありません」

スザンナは微笑んで、

「私も杉原さんを見習わなきゃ」

と言った。

奈倉はスザンナのマンションを出て、しばらくはほとんど走るような勢いで歩きながら、

「何て女だ！　俺のことを何だと思ってる！」

と、ブツブツ言っていた。

すれ違う人が、ちょっと気味悪げに振り向いたりしていたが、当人は全く気付いていない。

やがて息が切れて、

「ああ……。疲れた！」

奈倉は目の前にあったフルーツパーラーへ飛び込んで、

「フルーツパフェ！」

と、大声で注文して、他の客をびっくりさせた。

ともかく甘いものが欲しかったのである。

そして、山盛り状態のパフェを貪《むさぼ》るように食べ始めると、やっと落ちついて来た。

「たまにゃ、甘いものに溺れるのもいい」

と、自分に言いわけしていると、ケータイが鳴った。

馬垣からだ。

「奈倉です。今、帰りにひと休みしてるところで」

スラスラと言葉が出て来た。

「どうした？　スザンナと会えたのか」

一瞬、間があったが、

「ええ。話して来ました。告訴は取り下げてくれるそうです」

「そうか。それならいいが。――で、〈ニュースの海〉に戻ると言ってたか？」

「その話をしたら、喜んでいましたが、一旦降りて、あんまりすぐに復帰するのもおかしいと思うと。とりあえず、少し休むということで。それもいいんじゃないか、と言っておきました」

「分った。じゃ、ともかく今夜の〈ニュースの海〉にかかれ。戻って来られるんだな？」

「もちろんです！」

奈倉は嘘をついているつもりはなかった。確かに、「事実とは違う」が、嘘ではない。奈倉にとって、「こうあってほしい」という思いが、言葉になったのだ。そして、そうならなかったのは「自分のせいではない」から、馬垣にでたらめを言っても、少しも気は咎《とが》めなかったのである。

もちろん、いずれ馬垣にも事実が知れるだろう。しかし、今日、明日というわけではない。

「そうさ」

奈倉は、残りのパフェを少しゆっくり味わいながら、呟いた。

何日かは今のままで大丈夫だ。その間にはスザンナの気も変るかもしれない。

もし変らなかったら?

「そのときはそのときだ」

と、自分に言い聞かせて、奈倉はきれいにパフェを食べ切ってしまった。

そういえば――。あの一緒にいた女。杉原と言ったか。

他人のことに口を出しやがって!

奈倉は、スザンナより、むしろ杉原爽香の方に腹を立てていた。

あの女が余計なことを言い出さなければ、スザンナだって、もう少し穏やかに話ができていたかもしれない。

どういう女なんだろう?

少し考えて、奈倉は、保田の通夜で記帳していただろうと思い付いた。

「ああいう女は、少し痛い目にあわせてやらなくちゃな」

ちょっとドラマのキャラクターを気取って、奈倉は言ってみた……。

18 幻影

「どうしたんですか？」

と、〈ＡＹＡ〉、下原綾子は訊いた。「何か急な話って……」

「いや、この間は本当に無理を聞いてくれてありがとう！」

と、頭を下げたのは、編集プロダクション〈Ｑ〉の望月である。

「そんなこと……」

と、綾子は笑って、「正直、望月さんが、あのとき強引に書けと言って来なかったら、私、もうライターをやめてたかもしれない」

望月から、「至急話があって、どうしても会いたい」と連絡をもらってやって来た。

いつも打合せで使うカフェ。

「——ここのカフェオレはミルクがいいのかしら。おいしいわね」

と、綾子は言った。

「〈ＡＹＡ〉さん……。君が、あのときコラムの原稿を落とさずにいてくれたことで、雑誌〈M〉の方はとても気を良くしてね」

「良かったわ。〈M〉の仕事は大切ですものね」

綾子の言葉に、望月はなぜか目を伏せて、

「そうなんだ。だから……」

と言いかけて、口ごもった。

綾子はその望月の様子から、ハッと気付いた。

「そうなんですね。あのコラムを打ち切る、ってこと？」

望月が言葉もなく、綾子を見る。そうなのだ、と分った。

「打ち切られることぐらい、慣れてるけど」

と、綾子は言った。「でも、評判がいいって聞いてたし、〈M〉の方でも――」

「もちろんだよ！」

と、望月は力をこめて言った。「〈M〉の読者コメントでも、君のコラムは連載物のトップの人気だ。ずっとだよ。だから、あれほど必死になって……」

「じゃ、どうして？」

と訊きながら、綾子には分った。

ゆっくりと肯いて、

「郡山ね」

と言った。

あの週刊誌の記事。郡山と〈AYA〉のことだとすぐに分る。しかし、もちろん他の媒体は、テレビも雑誌も、全く取り上げなかった。

郡山を怒らせるとどうなるか、怖がっているのだ。

「信じられんよ！」

と、望月は叩きつけるように言った。「君に何の責任があるっていうんだ？　週刊誌が、それも実名を出さずに記事にしたってだけで、どうして……」

綾子は、大きく一度呼吸すると、

「仕方ないわ。私もあのコラムは好きだったから残念だけど、〈M〉の方がそう決めたのなら、あなたがどうするわけにもいかないでしょう」

と言った。「他にも仕事はあるわ。大丈夫」

大手出版社の下請をする編集プロダクションの立場は、綾子もよく知っている。文句を言っても、望月にはどうすることもできないのだ。

「すまない」

と、望月は嘆息した。「そう言われると……」

望月としては、綾子から文句をつけられ、罵《ののし》られた方が気が楽なのだ。なまじ望月の立場に気づかって、分ってくれると、自分を責めるしかなくて、辛いのである。

「しっかりしてよ」

と、綾子はちょっと笑って、「あなたの方がそんなにしょげちゃったら、私、怒ることもできないじゃないの」

「いや……。情ないよ、全く」

「そんな風に考えない方がいいわ。でも――それにしても、郡山はどうしてそんなに神経質になってるのかしら？ 少々のこと、無視してればいいのに」

「例のニュースキャスターの件で、海外のニュースになっているからね。首相に嫌われないように必死なのさ」

「ああ、あの……。気の毒だったわね」

綾子はちょっと首を振って、「私も、どうして一時にせよ郡山なんかに夢中になってたのか、ふしぎだわ。あの人、気が小さいのよ。だから他の人に対して強がって見せるのね」

「そうだね……」

望月は何か考えている様子だったが、やがて、ちょっと唐突に立ち上ると、「〈AYA〉さん。もう一度〈M〉の編集長と話してみる」

と言った。

「え？ だって――」

「こんな理不尽な話ってないよ。読者が求めている記事を載せるのが編集者だ。それを、たった一人の男の意向で。しかも、時の権力に小判ザメみたいにくっついてる奴じゃないか」

「望月さん……」

「君のコラムは続けさせてやる！　こっちだって、いざとなりゃ何とかなる。食べていくぐらいの給料は、僕の貯金をはたけば出してやれる」

「無理しないで。ね、落ちついて」

綾子の方がなだめる役目になってしまった。

「ともかく、もう一度談判してくる！」

望月は顔を紅潮させて、カフェを勢いよく出て行った。

「大丈夫かしら……」

と、綾子は呟いた。

そして、少し考えていたが、ケータイを取り出して、発信した。

「――あ、どうも。〈AYA〉です。もしご都合がつけばお会いしたいんですけど……」

「ね、あなた、見て！」

しおりの声は上ずっていた。「これが〈懇親会〉の出席者のネームプレートよ」

「ああ……」

郡山は居間のソファにかけると、「別に普通じゃないか」と言った。

実際、それは郡山がよく出る色々なパーティの受付で付けてくれるプラスチックのネームプレートと少しも変らなかった。

「そんなこと言って！」

と、しおりはムッとしたように、「誰もがもらえるわけじゃないのよ！　この黄色いのが、受付で証明書の代りになるんですって」

「そうなのか」

郡山は、そのネームプレートを手に取ってみた。〈郡山透〉〈郡山しおり〉の名前がプリントされて中に入っている。

黄色い用紙に名前が打たれ、ネームプレートは薄い緑色をしているので、淡い黄緑色に見えた。

「楽しみだわ！　ね、あなた、何を着て行くの？」

「え？　いや、まだ何も考えてない」

「だめよ、そんな！　ちゃんとした格好で行かなきゃ。失礼でしょ」

と、しおりは、えらい剣幕で言った。

「分った分った。背広にネクタイでいいさ。他にどうしようもない」

「新しく作りなさいよ。ヨレヨレになったのとか、太ってきついのなんかじゃだめよ。明日にでも、デパートのオーダーの所へ行ってこしらえましょ」

「まあ……。いいけどな」

しおりがあまり興奮しているので、郡山としては適当に言っておくしかない。

もちろん、郡山だって首相のプライベートな〈懇親会〉に招かれるのは嬉しかった。いわば、目指している高みへの階段を、また一段上るということなのだ。

といって、しおりのようにはしゃいではいられない。——信頼されている以上、それに仕事で応えなければならないのだ。

「——それはそうと、あなた」

と、しおりが言った。

「何だ?」

居間のソファで、テレビのリモコンを手にしたところだった。

「あの週刊誌の記事はどうなったの?」

「ああ、〈AYA〉のことか。あいつとはもう切れてる」

「本当に? でも自殺未遂っていうのは?」

「別れ話でカッとなっただけさ。あいつはすっかり立ち直ってる」

立ち直ってる、というのも妙かもしれないが。

「それならいいけど……。あなたも、総理のお友達に選ばれたんだから、気を付けてよ。女遊びは少し控えて」

それを言われると、郡山はついムッとしてしまうのだが、今のしおりには逆らわない方が利口だ。

そう。——今のところ、郡山はあのウェイトレス、小久保ルイを相手にして、満足している。男に慣れた女と遊ぶのもいいが、やはりルイの若々しさと初々しい感じは久々に郡山をとりこにしていた。

そうだった。明日も昼間に……。

テレビを見ながら、郡山の頭には、ルイのすべすべした肌しか浮かんでいなかった。

「——明日、何時にデパートに行く?」

と、しおりに訊かれて、

「何時でも——」

と言いかけた郡山は、ルイとの約束を思い出して、「そうだ。昼飯を食いながら打合せがある。夕方にしよう。間に合うだろ、充分に」

郡山は、妻の目が鋭く自分へと向けられたことに気付かなかった。

「遅れてごめん」

と、息を弾ませてやって来た明男は、椅子を引いて座った。「もう終りか?」

しゃぶしゃぶの鍋を囲んでいるのは爽香と珠実、そして涼となごみだった。

最近オープンした店で、お肉がサービス価格。

「お父さんのお肉、もうないよ」

と、珠実が言った。「私、食べちゃった」

「こら」

と、明男が珠実をつつく。

「まだ始めたばっかりよ」

と、爽香が笑って、「お野菜を先に入れたから。お肉はこれから」

「私、やります」

と、なごみが手を伸した。

「よろしく。——明男、〈AYA〉さん、何だって?」

「ああ、例の〈M〉って雑誌のコラムのことでね」

「そのコラムの写真、うちのです」

と、なごみが言った。

「そうだったね。そのコラムのことで……」

と、明男が、望月と〈AYA〉とのやりとりについて話した。

「――へえ。望月さん、いいとこあるな」

と、なごみが言った。「心配性で、いつも胃の痛そうな顔してるけど」

「それがね」

と、明男が言った。「僕が〈AYA〉さんの話を聞いてたら、その望月さんから電話がかかって来たんだ」

「それで……」

「〈M〉の編集長を説得したって。コラムは続けることになったそうだよ」

「素敵！　うちの仕事も減らずにすむわ」

と、なごみが手を打った。

「〈AYA〉さんが、『あんなに嬉しそうな望月さんの声、初めて聞いた』と言ってたよ。子供みたいに得意満面って感じだったたって。顔は見えなくてもよく分ったそうだ」

「大体、馬鹿げてるわよね」

と、爽香は言った。「〈AYA〉さんが何をしたってわけじゃないのに」

鍋がグツグツと煮えて、

「はい、食べよう！」

と、爽香は言った。「涼ちゃん、遠慮しなくていいわよ」

「そう言われると……」

「初めから、遠慮するつもり、ないもんね」

と、なごみが言って、みんなが笑った。

にぎやかに食事が始まる。

「——爽香さん。次の仕事って、決ってないってこの前言ってましたよね」

と、なごみが言った。

「そうなのよ」

と、爽香は、鍋の中のあくを取りながら、「今は細かい仕事をいくつか手分けしてこなしてるの。来週辺り、きちんと話があると思うわ」

「あんまり忙しい仕事じゃないといいですね」

「でも、稼がないとね。〈G興産〉も大手ってわけじゃないから、大変よ」

「あの再開発の方は、すっかり終ったんですか？」

「一応手を離れたから。まだ色々やってるけど、うちの仕事じゃないし」

爽香は肉を取って、「ほら、食べて」

「うん」

珠実が元気よく肉をつまんだ。そして、

「お母さん、ケータイ、鳴ってない？」

るらしい。

「え？　――本当だ」

珠実は耳がいいのか、ザワついた所で、爽香は気付かないのに、ちゃんと聞こえてい
るらしい。

「――はい、杉原です」

爽香は席を立って、店のレジの方へ歩いて行った。

「お食事中でしたか。申し訳ありません」

あの「元仲居」の佐野このみである。

「いえ、大丈夫です。何か？」

と、爽香が訊く。

「実は、ちょっと妙な電話が」

と、佐野このみは言った。

19　逆恨み

少しも嬉しい電話ではなかった。

「何かご用ですか」

これ以上は素気なくできないという声で、佐野このみは言った。

かけて来た相手が、〈ホテルN〉の支配人、林だったからである。

「やあ、どうしてるかと思ってね」

林は、わざとらしいなれなれしさで言った。「今、どこなんだい？」

「林さんに言う必要ないと思いますけど」

と、このみは言った。「私にも一応友人の一人や二人、ありますので」

「ああ、いや、もちろんそうだろうね。仕事してるのかい？」

「いいえ。退職金を沢山いただきましたので。のんびりしています」

沢山とは、もちろん皮肉である。

「申し訳ない。僕の一存で何とかなるんだったら、もっとあげられたんだがね……。後で分ると……」

「社長さんに何と言われるか分らない、でしょ？」

「まあ……それもある」

とたんに、林の声が小さくなる。

「何かご用なんですか？　特に用件がなければ、私、出かけるので――」

「あ、ちょっと待ってくれ」

と、林はあわてて言った。「あのとき、〈ＡＹＡ〉さんを助けた人、憶《おぼ》えてるだろ」

「ええ、もちろん」

「実はね、テレビ局から、あの人の連絡先を知りたいって言って来たんだよ」

「テレビ局？」

「そうなんだ。〈ニュースの海〉……だったっけ？　あの番組のプロデューサーだって言ってね。〈ＡＹＡ〉さんを救ったヒーローを、ぜひ〈ニュースの海〉で取り上げたいと言って」

「〈ニュースの海〉？」

と、このみの話を聞いていた爽香は訊き返した。「その人、何ていう名前でした？」

「ええと……奈倉とかいいました」

「そうですか」

と、爽香は肯いて、「それで、奈倉さんが何の用で……」

「何とかご主人に連絡したいということでね」

と、林は言った。

「でも――まさか連絡先、教えてませんよね」

「いや、それが……」

と、林が口ごもる。

「教えちゃったんですか?」

と、このみは呆《あき》れて、「ホテル業のイロハじゃないですか!」

「それはまあ……」

「お客様の個人情報ですよ! それを――」

と言いかけて、分った。「お金を払うって言われたんですね」

林は何も言わなかった。このみの言葉が当っているからだろう。

「で、どうしてわざわざ私にそのことを?」

と、このみが訊くと、

「うん、ちょっと気になってな。後で考えると、奈倉って男、何か別の理由があって訊いて来たんじゃないかと」

「教えちゃってからじゃ、手遅れでしょ」

「そう言うなよ。君、あのときの一家と連絡取れるか？」

「何とか……やってみます」

と、このみは言った。

「すみません。ホテルがお客様の連絡先を教えてしまうなんて、とんでもないことです！」

このみは、まだ怒っていた。

爽香は、奈倉が何を考えているか分らなかったが、「いいこと」でないのは確かだろう。

奈倉とは、スザンナ・河合のマンションのロビーで会っている。爽香は、奈倉のようなタイプは、何でも人のせいにするから、用心するようにスザンナに言ったのだが、その奈倉が爽香のことを訊いて来たという。

もちろん、〈ニュースの海〉で明男のことを取り上げる、なんてでたらめに決っている。おそらく、爽香がスザンナの側に立って、カメラマンのこと、郡山のことなど指摘したのに腹を立てているのだろう。

「――知らせて下さって、どうも」

と、爽香は言った。「奈倉って人のことはよく分っています。充分用心しますから」

「そうして下さい。何かあったら、林の奴、ただじゃおきませんから」

このみの口調には凄みがあった。

――爽香は、みんながしゃぶしゃぶの鍋を囲んでいるテーブルへ戻った。

「どうかしたのか」

と、明男がさりげなく訊いた。

「別に。大したことじゃない」

と、爽香は言って、「私もお肉狙わなきゃ!」

鍋がすっかり空になるころには、珠実は椅子にかけたまま、ウトウトし始めた。

「爽香さん、何があったんですか?」

と、なごみが訊く。

「え? 何のこと?」

「私にも、もう分ります。爽香さんが危いことに巻き込まれるときって。さっきの電話、何だったんですか?」

それを聞いて、涼が、

「へえ。いい勘してるな。僕なんか、二十年以上付合って来て、やっと分るようになったのに」

「ご心配いただいて、どうも」

と、爽香は苦笑した。

「おい……」

と、明男が言いかける。

「待って。珠実ちゃんが聞いてるところで話したくなかったの」

しかし、珠実はさすがにコックリしながら眠っている様子。

「大丈夫そうね」

と、爽香は言った。「あのホテルの仲居だった佐野このみさんから……」

このみの話と、スザンナのマンションでのことを説明すると、

「ああいう、いつも人にいばってるタイプの人は、人が思い通りにならないと、とても腹を立てるの。何か考えてるんだわ、きっと」

「物騒だね！」

と、涼が言った。

そうか。保田というキャスターのお通夜の席でも会っているが、そこでは記帳するとき、確か〈G興産〉という勤め先の会社名だけを書いた。

奈倉は爽香の自宅を知りたくて、ホテルに訊いたのだろう。

自宅を？　そう考えると、爽香も不安になってくる。

「——そんなこと、ひどい話だね」

と、涼が爽香の話を聞いて言った。

「爽香さんの家に、何かいやがらせをするってこと？」

と、なごみが言った。

「もちろん、考え過ぎなら、その方がいいけどね」

「いや、爽香の直感は当るからね」

と、明男が言った。「用心に越したことはない」

すると、突然、

「そうだよ」

と、珠実が言ったので、みんなびっくりした。

珠実がパッチリ目を開けていて、

「寝たふりしてたの。私もちゃんと聞いといた方がよかったでしょ？」

と言ったのである……。


誰もがいつも忙しく小走りに動き回っているテレビ局では、誰が入って来ても、ほとんど目にとめない。

いや、本当なら、入口でちゃんとチェックされるのだが、スザンナの顔は受付の誰もが知っているので、

「やあ、元気？」

と、手を振ってくれたりする。

スザンナは適当に返しておいて、局のカフェへ向った。

奥まった席で、コーヒーを飲みながら、時計を見る。

何の番組を担当しているかで、たいていは出勤して来る時間が決っている。この時間、まだ奈倉は来ていないはずだ。

そして、今日は会議がある。

まだ午前中だが、偉い人でも会議だけは休めない。おそらく今ごろ、編成局長の馬垣は大欠伸《おおあくび》しながら正面玄関を入っているだろう。

そして、会議まで、あと二十分ある。

「コーヒーでも飲んでいくか……」

と呟きつつ、このカフェへ……。

入って来た。――スザンナはつい微笑んでいた。

「おい、コーヒー！」

と、馬垣は大きな声で言った。

誰かが聞いていると思っているからだ。適当に座ると、また欠伸している。二十分もあるのだから、もっとぎりぎりに来ればいいようなものだが、会議のときまでに頭をすっきりさせなくてはならないのだ。

スザンナは、ウェイトレスがこっちを見ているのに気付いた。顔も知っているし、何度かおしゃべりしたこともある。

確かルイちゃんと言った。

スザンナが手招きすると、ルイはすぐやって来た。

「馬垣さんに、ここに来て下さいって言って」

と、スザンナは言った。

「はい」

ルイは何だか楽しそうに肯くと、コーヒーを飲もうとしていた馬垣の所へ行った。馬垣がびっくりしてスザンナを見ている。そしてすぐにやって来た。

「――やあ、スザンナ」

と、作り笑いを浮かべて、「よく来てくれたね」

スザンナは、爽香の言葉通り、都内の知り合いのいる旅館に泊った。

しかし、考えてみれば、

「どうして私が隠れる必要があるの？」

と、段々腹が立って来て、奈倉でなく、その上の馬垣に、きっぱりと話をしようと思い立ったのである。

それがスザンナの若さというものだろう。

「いや、色々奈倉が迷惑をかけてすまん」

と、馬垣は言った。「あいつはまだ来てないだろうな、この時間じゃ」

ルイが、馬垣のコーヒーを持って来てくれた。馬垣は一口飲んで、

「それで――」

と言いかけたが、スザンナが遮って、

「奈倉さんのしたことには、馬垣さんも責任があるはずです。どういうつもりなんですか？　あんな風に脅しに来るなんて」

と、詰問した。

「いや……。しかし、告訴は取り下げるということで納得してくれたんだろう？」

「まさか！　いつ私がそんなことを」

「告訴を取り下げて、〈ニュースの海〉に戻るという話で……」

と言って、馬垣は愕然とした。「違うのか？」

「奈倉さんがそう言ったんですか」

スザンナは首を振った。

「それじゃ……」

「私の気持は変らないと言ってあります。もちろん〈ニュースの海〉に戻るつもりもありません」

「あいつ……」

馬垣はいまいましげに、「どういうつもりだ！」

「でも、馬垣さん」

と、スザンナは言った。「元はといえば、郡山さんのご機嫌を取るために保田さんをキャスターから降ろしたのがきっかけですよ。その責任はあなたにあります」

スザンナは、きっぱりと言った。

「いや、しかし……。局としても、今の政権とうまくやっていかないといけないんだ。そこは分ってくれないと」

「ともかく、私は納得できません。保田さんの死についても、本当に自殺だったのかどうか、疑惑があると訴えていきます」

スザンナの声は、カフェの中によく響いて、居合せた者には全部聞こえていた。

「分った」

と、馬垣はため息をついて、「君の気持は分るよ。だが、わざわざ事を荒立てなくてもいいだろ？　奈倉の奴は、もう救えない。君の住いに侵入したってだけで、クビにしても良かったんだが——。あれはね、私の言ったことじゃないんだ。奈倉が勝手に勘違いしてやったことなんだよ。本当だ。私は指示していない」

「だとしても、上司である以上、責任はあります。当り前のことでしょ？」

「まあ、それは……。奈倉を処分するから、それで手を打ってもらえないだろうか」

馬垣の言葉に、スザンナは、きっぱりと、

「反省するとおっしゃるのなら、〈ニュースの海〉の番組作りで、その気持を表わして下さい。放送されるものだけが、視聴者に届くんです。言いわけはいりません。保田さんの思いを受け継いで、以前のような〈ニュースの海〉になるようにして下さい」

と言った。「私は一視聴者として、見ています」

そして、スザンナは席から立ち上った。

——その一部始終を、入口の近くに立って見ていたのは、奈倉だった。

普段ならまだ出勤して来ない時間だが、今日はどうしても打合せなければならない相手との約束があって、渋々早く出て来た。そして、コーヒーで目を覚まそうとやって来たのだが——。

スザンナが出て来そうになったので、奈倉はあわててその場を離れた。

「——畜生！」

と、奈倉もさすがに自分の立場を理解しなければならなかった。

奈倉を処分するから、だって？　そうはいかないぞ！

俺一人で沈みやしない。道連れにしてやる！

自分でどこへ向っているかも分らないまま、奈倉はテレビ局の廊下を、ほとんど駆けるような勢いで通り抜けて行った。

20　パーティ

〈本日の宴会〉

ホテルの入口に、ズラリと並ぶプレートを見ると、

「毎日毎日、よくこんだけ祝うことがあるもんですね」

と、久保坂あやめが感心したように首を振って言った。

「祝ってもらう当人にとっては、重要なことなのよ。きっと」

と、爽香は言った。「ああ、これだ。〈T芸能社五十周年〉っていうやつね」

「いつもの〈G興産〉が係るパーティよりも面白そうですね」

あやめの正直な感想に、爽香は思わず笑ってしまった。

確かに、業界のパーティでは、さっぱり面白くない、どこかの社長たちのスピーチや、祝辞のはずが、次の選挙に向けてのPRとしか思えない政治家の挨拶ばかり。

「今日は誰か芸能人来てますよ、きっと」

あやめも結構ミーハーなのである。

爽香も、普段はどこの企業の人間がいるかもしれないので、一時間もパーティ会場にいるとくたびれ果ててしまうのだが、今日はそういう心配がない。

〈T芸能〉は、栗崎英子が所属している事務所である。元々は「事務所に使われるのなんてごめんよ」と、どこにも所属していなかった栗崎英子だったが、今は契約内容も難しくなり、とても個人の手に負えない。

トラブルが起ると、マネージャーの山本しのぶが苦労することになるので、〈T芸能〉所属になった。

といっても、ここの社長は二十代の駆け出しのころから、英子がよく知っている、元映画監督で、英子には頭が上らない。

仕事はあくまで英子の意志で選ぶので、至って居心地は良さそうだった。

今夜のパーティには、もちろん英子が招《よ》んでくれたのだが、加えて——。

「爽香さん！」

受付のそばで、ドレス姿の河村爽子が立っていた。

「すてきね」

と、爽香は言った。「演奏、まだでしょ？」

「もちろん！　パーティの中ほどで、って言われてる」

英子が爽子にヴァイオリンを弾いてほしいと頼んで来たのである。もちろん、ちゃんとギャラを支払う。

「立食パーティでしょ。静かに聴いてくれないかもしれないわね」

「いいの。これも仕事。短い曲二曲弾いて、結構なギャラだもの。ありがたい」

「そうね。もうプロだものね」

「入って。爽香さんが来たら知らせて、って栗崎さんに言われてるの」

急いで受付に寄ると、もう充分にぎやかになっているパーティの会場に入って行く。

「――来たわね」

と、栗崎英子があでやかな着物姿でやって来た。

「今日は一段と華やかですね」

と、爽香は言った。

「年齢《とし》を取るほど華やかにしないとね。スターは」

「栗崎様にはぴったりですよ」

「何か飲んで。――爽子ちゃん、そろそろ仕度できる?」

「はい。いつでも声かけて下さい」

と、爽子は言って、会場の正面のステージ脇に立てた衝立《ついたて》の奥へ入って行った。

「私まで招んでいただいて」

と、あやめが言った。

「あなたは爽香さんの何より心強い味方よ。この人をよろしく頼むわね」

と、英子に言われて、あやめは、

「命にかえても、チーフを守ります」

と答えた。

「ありがとう。それが大げさでないところがこの爽香さんのユニークさよね」

「栗崎様、それって誉《ほ》めてるんですか、けなしてるんですか?」

と、爽香は苦笑した。

そのとき、あやめの目が会場の入口へと向いた。そして、爽香をつつくと、

「チーフ」

と、小声で言った。

「どうしたの?」

「郡山透です」

会場に入って来た郡山は早速事務所の社長に迎えられている。

「あいつが来るとは知らなかったわね」

と、英子が言った。「どうせすぐ帰るわよ」

「パーティのはしごをしてるんですよね、たいてい」

ちょっと顔を出して、ひと言挨拶をして次のパーティへ、というのが仕事なのだ。

司会者が、

「皆様、ご歓談のところ恐れ入ります。作家の郡山透先生がおいででございますので、ひと言、お言葉をいただきたいと存じます」

拍手がパラパラと起った。すでにアルコールも入っていて、司会者の言葉をろくに聞いていない者も多い。

郡山がマイクの前に立つと、さすがに少し会場は静かになったが、郡山は面白くなさそうな表情を隠そうとしなかった。

「本日は——おめでとうございます」

と切り出したが、「本日は」の後の空白は、パーティの主催である芸能事務所の名前を言おうとして、忘れてしまったのだと誰もが分った。

もちろん、型通りの挨拶しか期待されていないのは当人も分っているのだろうが、出だしでつまずいたことが、苛立《いらだ》ちを誘ったらしい。

「私も芸能界に色々係ることが多く、テレビ局から意見を求められることもありますが……」

爽香は、郡山の挨拶が、いつも業界のパーティで聞かされる政治家のそれと同じだと思った。

祝辞のはずが、自分の宣伝になってしまうのだ。そして自分がそのことに気付かない。

自分が話をするだけで、それは「大したこと」なのだと思っている。

「作家の話じゃありませんね」

と、あやめが小声で呟いた。

結局何の話かよく分らないまま、郡山の挨拶が終って、司会者の「大きな拍手を」という言葉が、やっと拍手を盛り上げた。

「――こっちに来るわね」

と、英子が言った。

社長が、郡山を案内して来る。「大女優」に引き合せたいのだろう。

「先生、栗崎英子さんです」

と、社長が得意げに、「うちの事務所に入っていただきまして」

「ああ」

郡山も、当然英子のことは知っていたのだろうが、ちょっと間を置くと、「――あなたには言っておきたかったことがあります」

「あら、何かラブレターでもいただきました?」

と、英子はよそ行きの微笑を浮かべた。

「いや、〈ニュースの海〉のインタビューです」

爽香とあやめが、チラッと目を見かわした。スザンナがスタジオにインタビューに来たときのことだろう。

「それが何か？」

「保田というキャスターのことを大変誉めておられたようですが、彼の見解はいつも偏ったものだと私は考えておりましてね」

郡山は、自分の挨拶がちゃんと聞かれなかったことへの不満を引きずっていたのだろう、こんな場所で言うことかどうか、考える前に言葉が口をついて出てしまったようだ。

「どうも、世間は今の政権の悪口を言う者をもてはやす傾向があります。私は今の総理をよく存じ上げていますがね、それは誠実で愛国者です。あなたのような方が、政治的な発言をすると、若い芸能人にも影響が出る心配がある。ご自分の立場をわきまえていただきたいものです」

郡山の言葉に、社長が青くなっていた。

しかし、英子は顔色一つ変えずに、

「ご忠告、ありがとうございます」

と、ていねいに言うと、「今の首相から大変信頼されているようですわね」

「ええ、そうなんですよ」

郡山はちょっと気を良くしたようで、「今度も総理の私的な集まりに夫婦で招ばれています。これはめったにないことでしてね」

「それは名誉なことですわね」

「おっしゃる通りです。あなたもそのお年まで頑張って来られたのですから、本当なら勲章の一つももらっていいと思いますが。そのためにはお国の役に立つことをしなくてはね」

聞いていたあやめが、手にしていたグラスのウーロン茶でも郡山にひっかけたそうにしているので、爽香はちょっとつついた。

英子ははなから郡山のことを相手にしていない。ここで言い争ったら、社長も困るだろう、と思っている。

爽香も、その英子の気持は分っていた。自分なら、何を言っても事務所に迷惑はかからない。

「失礼ですが」

と、爽香は郡山の前に割って入った。「立場をわきまえていないのはあなたの方です」

郡山は面食らったように爽香を眺めて、

「何だ、君は？」

「杉原爽香と申します。これ以上、栗崎様を侮辱したら、私が許しません」

真直《まっす》ぐに見つめる爽香の目の力に、郡山はたじろいだ。

「何だと言うんだ」

「お帰り下さい。お祝いの会で言い争うのは主催者に失礼です。ただ栗崎様にひと言、『失礼しました』とおっしゃっていただければ」

「何が失礼だ！　俺は本当のことを言っている」

「ここは大声を出す場所ではありません。おっしゃりたくなければ結構です。お引き取り下さい」

爽香の言葉は穏やかだが、きっぱりした口調に反論を許さない強さがあった。

郡山はちょっと苦々しく笑うと、

「君のことは憶えておこう」

と言って、「失礼する」

と大股に出口へ向う。

社長があわてて追いかけて行った。

「――ぶん殴ってやりゃ良かった」

と、あやめが腹を立てている。

「哀れね」

と、英子が言った。「自分に価値があると錯覚してる。そうでないと、誰もが知ってるのに」

「すみません、差し出がましいことをしてしまって」

と、爽香が言った。「黙ってると、この久保坂が何するか分らなかったので」

「チーフ、私のせいにしないで下さいよ。――確かに、チーフの言う通りですけどね」

あやめの言葉に、爽香も英子も笑ってしまった。

「でも、まさか、こんな所で会うなんてね」

と、爽香は言った。「世間は狭いもんだわ」

司会者が、

「ここで、ヴァイオリンの演奏をお聴きいただきます」

と、アナウンスした。

「待って！」

英子が声を上げると、スタスタと司会者の所へ行って、「私が紹介します」

「はあ……」

さっさとステージに上ると、

「今年、八十八歳の栗崎英子です」

と、よく通る声で言った。

一斉に拍手が起る。

「ありがとう」

と、英子が手を振って、「十代のころから、数え切れないくらい、こういう会に出て来ましたが、何十年たっても進歩しないのは、こういうパーティにおけるマナーです」

と、会場を見渡し、

「政治家のスピーチなどはどうでもよろしい。しかし、招かれて来た音楽家の真剣な演奏を聞こうともせず、おしゃべりを続けている人間が必ずいます。ホテルのロビーでBGMとして弾いているピアノとは違うのです。その区別がつかない人は、会場を出て、おしゃべりを続ければよろしい」

英子はステージの脇でヴァイオリンを手に立っている爽子の方を向いて、

「今、日本を代表するヴァイオリニストの一人、河村爽子さんです。この人のヴァイオリンを、こんなに近くで聴ける機会はまずありませんよ！」

「ありがとう、栗崎さん」

と、爽子は拍手と共にステージに上って来ると、「栗崎英子さんの米寿を祝う気持で弾かせていただきます。栗崎さん、そこで聴いてらして下さいね」

「ええ、もちろん」

英子がステージの端に寄った。

爽子が一旦目を閉じて、ヴァイオリンを構えると、やさしく弓が弦に触れた。

静かな会場に、しなやかなヴァイオリンの音が流れた。

人いきれで熱く濁った空気を、その音が浄化していくように感じられる。

——爽香は、郡山のことなど、もう忘れかけていたが、同時にまたどこかで会うような予感がしていた。

しかし、今は音楽だ！

一曲目が終ると、熱い拍手が会場を埋めた。

遅れてやって来た客が、会場の雰囲気に面食らっていた……。

21 盛装

「これでいいわね」

と、郡山しおりは姿見の前で何度も回って言った。

「おい」

と、郡山は苦笑して、「本番は明日なんだぞ。今から着て、汚したらどうするんだ」

「分ってるわ。大丈夫よ」

と、しおりは言い返して、「それより、あなた、タキシードはちゃんと着てみたの？」

「ああ。デパートのオーダーの所で、しっかり試着した。心配ないさ」

「でも、いざ着て歩いてみたら、窮屈だった、ってこともあるわよ」

「大丈夫だ。お前も心配性だな」

「だって、せっかくのお招きなのよ。万が一ってこともあるでしょ」

しおりは着ていたドレスをそっと脱ぎながら言った。「あなた、今夜は――」

「ああ、もう少ししたら出かける」

と、郡山は時計へ目をやって、「S銀行の新頭取の披露パーティだ。かなり大勢だろう」

「どうしてあなたが銀行のパーティなんかに?」

しおりは不服顔だった。

「それだけ名士になった、ってことだ。文句を言うこともないじゃないか」

「そりゃあそうだけど」

「三田村さんに頼まれてのことだ。顔を出して、ひと言スピーチすればいいのさ」

もちろん、しおりも幹事長の三田村には感謝している。正確には妻の三田村梓に、ということだが。

ただ、作家である夫が、三田村の「代理」のように使われていることが気に入らないのである。――郡山透は大物作家なのよ! それなりの敬意を払ってくれなくちゃ。

「食事はパーティで?」

と、しおりは訊いた。

「そうだな。どうせ知ってる顔はいないだろうから、せいぜい食べて来る」

しおりは、夫がそれとなく目をそらしていることに気付いている。――これだけ遊び慣れた夫が、いつになく後ろめたさを覚えているらしい。

いつもの夫とはどこか違う。妻として、しおりは敏感に感じ取っていた。

「じゃ、私は適当に食べるわよ」

と、しおりは言った。

「ああ、そうしてくれ」

郡山は新聞を広げた。普段、めったに新聞など読まないのに。しおりは、ふと思い付いて、

「あなた、パーティ、どこのホテル？」

「え？　Sホテルだ。どうして？」

「私、一緒に行って、中のレストランで食べようかしら。あなた、出るとき声かけてくれない？」

しおりがこんなことを言い出すのは初めてだったせいか、郡山はちょっとポカンとしていたが、

「ああ、それなら……」

と、考えもしない様子で答えてから、「だけど、パーティで誰かと会って、飲みに行くかもしれない。その場の空気で、断れなかったら……」

「それならそれでいいわよ。連絡してくれたら」

「うん……。だが、面倒だろ、いちいち出かけるなんて」

「構わないわ。その辺の定食よりはずっとましでしょ」

郡山の顔に、やや苛立ちの表情が浮かんだ。

やはりそうなのだ。パーティはさっさと出て来て、女と会うつもりだ。

しおりも、ことさらに追及して、夫を怒らせるつもりはない。しかし、気になるのは、いつももっと開き直って平然と女に会いに行く夫が、今は妙にごまかそうとしていることだった。

まさか……。真剣じゃないわよね。

五十にもなって、今さら妻を捨てる？　そんな度胸は、夫にはないはずだ。もちろん。

「――いいわ」

と、しおりは言った。「近くのショッピングモールで食べるわ。平日だし、空いてるでしょ」

「その方がいい」

明らかに、郡山はホッとしていた。

立ち上ると、郡山は、

「じゃ、出かける。タクシーはその辺で拾うよ」

と言って、手早く仕度すると、出かけて行った。

玄関の鍵をかけて、しおりは、

「誰なのかしら？」

と呟いた。

〈ＡＹＡ〉でないことは確かだろう。他の誰か？

しおりは居間に戻って、少し考えていたが、やがて寝室へ行って、スーツに着替えて来た。

ケータイでタクシーの配車を頼むと、

「行先はＳホテル」

と言った。


「やっと、か」

ケータイが鳴って、手に取った馬垣は、苦々しげに呟いた。

奈倉からかかって来たのだ。——昼間から何度もかけていて、「電話しろ」と吹き込んでいたのだが。

「おい、今どこにいるんだ？」

と、馬垣は言った。

「どこにいたっていいじゃありませんか」

奈倉はいやにのんびりした口調で言った。

「何だと？」

「どうせ、俺のことは『処分する』んでしょ。それなら、俺がどこにいようが、局長の知ったことじゃない」

「お前……」

馬垣は、奈倉が自分とスザンナの話を聞いていたのだと察した。

「局長、俺は知ってるんですよ。ごまかしたってだめだ。分りますか？」

酔っているらしく、舌がもつれている。

「どこで聞いたか知らんが、スザンナにはそう言うしかなかった。分るだろ？」

と、馬垣はことさらにゆっくりとした口調で言った。

話しながら、考えていた。奈倉が今、どんな気持でいるか。やけになると厄介な男だということも分っている。

「お前とは何十年もやって来た。特に〈ニュースの海〉はお前が育てた子供のようなもんだ。そのお前を、俺が本気で切ると思ったのか？」

「うまいこと言ったって、だめですよ」

と、奈倉は笑って、「俺はね、確かにクビになっても仕方ないことをやらかしました。でもね、それは局長のためを思えばこそです。その俺をクビにするのなら、一人じゃいやですね。局長も一緒にクビになってもらいますよ」

「なあ、落ちつけ。お前の不満は分ってる。ともかく、差し当りは、スザンナの告訴を何とかすることだ。俺に任せとけ。金で済ますか、それとも他の番組でMCにするか。スザンナみたいな若い女を、これまで何人相手にして来たと思ってるんだ？　必ずうまくあしらってやる。それが済むまで、局から離れてろ。ほとぼりがさめたら、必ずお前の満足するようなポストに戻してやる。――聞いてるか？」

向うは黙った。――周囲が少しにぎやかなのは、どこかのバーででも飲んでいるのだろう。

奈倉のような男は、なじみで、特別扱いしてくれる店にしか行かない。馬垣にも見当がついた。

「――今、〈R〉で飲んでるんだな？　そうだろ？」

返事しないのは、当りだからだろう。馬垣は、

「ゆっくり飲んでろ。いいな。俺も後で行く。二人で飲むのは久しぶりだな。思いっきり言いたいことを言え。な、分ったか」

「局長を信じていいんですか？」

と、奈倉は言った。

「仲間だろ。古い仲間だ。信じろよ」

「じゃあ……ともかく待ってますよ」

「ああ、そうしろ」

「納得したわけじゃありませんからね。話を聞くってだけですから……」

「分ってる。それでいいんだ」

「じゃあ……〈R〉で」

「うん。待っててくれ」

通話を切ると、馬垣は、難しい顔で考え込んだ。

奈倉は追いつめられると何をするか分らない。——とりあえず丸め込むことはできるだろうが。

「俺は知ってるんですよ」

と、奈倉は言った。

その言葉の意味を、馬垣は分っていた。

「何とかしないとな……」

と、デスクで、馬垣は呟いた。


Sホテルの宴会場フロアに着くと、郡山はロビーを見渡した。

「まだ少し早いか……」

銀行のパーティはもう始まっていた。一旦入ってしまったら、出てくるのは大変だろう。

ともかく客の数が多い。一番広い宴会場だが、扉からゴーッと唸《うな》るような音が響いていた。

早いところ、仕事をすませて出よう。しかし、ロビーにいると言っておいたから……。

郡山は、ロビーを横切って真直ぐに近付いて来るピンクのドレスの女性に目をとめた。

誰だろう？　俺の方へやって来るのは……。

「――ルイ」

と、思わず呟いていた。

小久保ルイだった。しかし、ドレス姿の彼女は、いつも見ているウェイトレス姿や、大学生かと思うカジュアルな格好のルイとは別人のようだった。

「どう？」

目の前に来て、ルイは得意げに言った。

「驚いた」

と、郡山は素直に言った。

「似合うかしら」

「ああ！――素敵だよ」

こんな言葉を女に言うことはめったにない。

しかし、今のルイは正にその言葉にぴったりだった。

「だって、何だか凄いパーティだって言うから、私もちょっと張り切ってみたの。この間言ったでしょ。私に何でも買ってやるって」

「ああ。それじゃ――」

「冗談よ」

と、ルイはいたずらっぽく笑って、「ちゃんと自分の貯金で買ったの。こう見えても、結構しっかりしてるのよ、お金に関してはね」

「さすがルイだ」

と、郡山は言ったが、「俺は会場へ入らないと……」

進行役の人間はハラハラしているだろう。

しかし、ルイがせっかくこんなに盛装して来ても、招待状がないのだから、会場には入れないのだ。ルイは郡山の思っていることを素早く察したように、

「行って来て。私、その辺のソファに座ってるわ」

と言った。「誰かパーティから出て来た人が、声かけてくれるかもしれないしね」

郡山は、無理を言わないルイが可愛かった。

「じゃ、すぐ出て来るよ」

と、受付へと急ぎ足で向うと、

「郡山先生でいらっしゃいますね」

受付の男性が、前もって聞いていたのだろう、「お待ち下さい。係の者を連れて参りますので」

と、会場の中へ走って行った。

そして、すぐにスーツ姿の女性を連れて戻って来た。

「郡山先生。本日の司会をつとめている、〈テレビK〉アナウンサーの太田《おおた》と申します」

テレビなどでときどき見る顔だ。

「郡山だ。少し遅れたかな」

「いいえ、とんでもない！　新頭取のご挨拶がかなり長くて」

ちょっと皮肉めいた言い方だ。相当うんざりさせられたのだろう。

「どうぞ。お入りいただいて。あと……二十分ほどで、ご挨拶となる予定です」

「そうか」

その女性アナウンサーについて会場へ入ろうとして――郡山は足を止めた。

「――何かございましたか」

「いや……」

郡山は、少し離れて立っているルイへ目をやった。そして、ルイを手招きして、

「親戚の娘なんだ。パーティを覗いてみたいと言うのでね。一緒に入っていいかね？」

「はい、もちろんでございます。では、どうぞご一緒に」

そのアナウンサーが、ルイをどう思ったか、郡山には知りようがない。

「入ろう」

と振り向いて、ルイを促す。

ルイはニッコリ笑うと、郡山の腕に自分の腕を絡め、ちょっと胸を張ってパーティ会場へと入って行った。


あれは誰だろう?

郡山しおりは、夫が、見たことのない若い女と——美しく着飾っている女と腕を組んでパーティ会場へ入って行くのを、ロビーの柱のかげから見つめていた。

しおりの乗ったタクシーが、裏道に詳しくて、しおりはずいぶん早くSホテルに着いてしまった。

もしかすると、夫を追い越してしまったかもしれない、と思って、ロビーの隅で待っていた。すると——五、六分して、郡山が現れたのだ。

そして、ソファで寛いでいた華やかなドレスの娘と……。

せいぜい二十歳になるかどうかだろう。

いつもの「遊び相手」なら、しおりは気にしないでいられる。多少の努力は必要だとしても。

しかし、今、自分の娘というにも若過ぎるような女とパーティ会場へ腕を組んで入って行く夫の表情に、いつもは見たこともない明るい輝きを見て、しおりは言葉を失っていた……。

「これは郡山先生」

新頭取は、スピーチを終えた郡山に挨拶をした。「お忙しい中、わざわざありがとうございました」

「いや、総理も大変期待されていると思いますよ」

郡山は、首相との仲をしっかり強調した。

「ところで、一つお願いしたいことが」

と、郡山は言った。

「何でしょう？」

郡山はチラッとルイの方へ目をやった。ルイはすぐそばで、スマホを手に、パーティの様子を撮りまくっている。

「お宅の取引先に〈G興産〉という会社があると思うのですが……」

と、郡山は言った。

22 誇りの日

久保坂あやめは、当惑した表情で〈ラ・ボエーム〉へ入って行った。

「やあ、すまんな」

と、テーブルから声をかけたのは、社長の田端だったのだ。

「社長、何か……」

「うん、まあ座れ」

と、田端は言った。「いつも杉原君がここで一息いれてるんだろ」

「コーヒー、おいしいので」

「うん、確かに旨い」

田端はカップの半分ほど飲んでいた。

爽香は打合せで横浜まで出かけていて、戻りは午後になる。

あやめもコーヒーを頼んで、

「社長、チーフのことで、何か？」

田端は苦笑して、

「杉原君の言う通り、君は勘がいいな」

「わざわざここへ呼ばれたので」

「うん……。杉原君、誰かとトラブルを起したのか」

あやめは面食らった。

「仕事上のトラブルなら、必ず社長に報告していますよ」

「そうだな。隠したり、もみ消したりする彼女じゃないのは、僕も分ってる」

「何があったんですか？」

「S銀行はうちのメインバンクだ。知ってるだろ」

「ええ、承知しています」

「今度頭取が交替した。ゆうべ披露のパーティがあったので、僕も出席したが、何しろ凄い人出で、うちなど大口の取引先じゃないから、副頭取に挨拶して早々に出て来たんだ。そうしたら、今朝、支店長から電話があった」

あやめには何となく分って来た。

「——うちに杉原爽香という社員がいるか、と訊いて来たんだ。いる、と答えると、それで切った。——しばらくして、今度はゆうべ挨拶した副頭取から電話がかかって来た。杉原爽香を処分しろと」

「それは――クビにしろ、ということですね」

「明らかにそういう口調だった。彼女がうちの社員でいる限り、当行との取引に支障が出るだろうと言った」

「社長。ゆうべのパーティに、郡山透が来ていませんでしたか」

と、あやめは訊いた。

「ああ、僕が帰った後にスピーチをしたようだ」

と、田端が肯いて、「それが関係あるのか」

「おそらく、間違いありません。郡山透がチーフのことを新頭取に話したんです」

「郡山といえば、今の首相のブレーンだろう？」

「ええ。チーフは郡山を正面切ってたしなめたんです」

あやめは、栗崎英子への郡山の言葉に、爽香が厳しく対応した事情を説明した。

「――そういうことか」

田端は肯いて、「杉原君なら黙っていないだろうな」

「チーフは、自分のことなら辛抱して聞き流したでしょう。でも栗崎様には、ずっとお世話になっていて、恩義を感じておいでです。私だって、チーフが割って入らなかったら、グラスのウーロン茶を郡山にぶっかけるところでした」

「よく分る」

「でも――まさかチーフを……」

「向うは、結果を知らせてくれと言って来ている。相手は銀行だ。はねつけたら、どういうことになるか」

「そんなの、不当な圧力ですよ！」

コーヒーが来ると、あやめはブラックのまま、ガブッと飲んだ。

「その通りだ。しかし……」

田端は口ごもった。

会社としてメインバンクに逆らうことの難しさは、あやめも察しがつく。

「いや、事情が分って良かった」

と、田端は言って、「コーヒー代は……」

「私、一緒に払っておきます」

「そうもいかんよ」

「社長、このことは、チーフにちゃんとおっしゃるべきです。隠していたら、チーフに失礼ですよ」

「君はいい部下だな。じゃ、これで」

田端は二杯分のお金を置くと、〈ラ・ボエーム〉を出て行った。

「――頭に来る！」

あやめは残ったコーヒーに思い切りミルクと砂糖を入れた。

やたら甘いコーヒーを一気に飲み干すと、

「マスター、もう一杯！」

「はい」

と、マスターの増田がすぐに二杯目をいれる。

その間に、あやめは爽香のケータイにかけていた。

「――チーフ、打合せ中にすみません。緊急の用で」

「分った。こっちからかけ直すわ」

爽香も、よほどのことがない限り、あやめが連絡して来ないと分っている。二、三分でかかって来た。

「どうしたの？」

「今、社長に呼ばれて」

「社長に？」

あやめが田端の話をそのまま伝えると、

「郡山がそこまでするとはね」

と、爽香は少し考えている様子だったが、「分ったわ。戻ったら、社長と話す。それから、このこと、栗崎様には黙っててよ」

「いけませんか、お伝えしては。栗崎様ならちゃんと——」

「だめだめ。ご迷惑かけたくない。いいわね。後は私がやるから」

「はい、分りました」

通話が切れると、あやめは不服げに、二杯目のコーヒーに、またミルクと砂糖をどっさり入れた。

そして、半分ほど一気に飲むと、

「言うことを聞かないのも、部下のつとめ」

と、自分に向って言った。「マスターもそう思うでしょ?」

「そうおっしゃると思いましたよ」

と、増田が微笑む。

「ありがと」

あやめは即座に栗崎英子のケータイにかけた。「——もしもし? ——あ、山本さん? 久保坂です」

マネージャーの山本しのぶが出たのである。

「あ、どうも」

「栗崎様は今……」

「これから本番ですが、五分で終ると思います。こちらからかけますよ」

確かに、四分後に栗崎英子当人からかかって来た。

「あやめちゃん、何ごと？」

お忙しいところ、すみません、とも言わずに、

「チーフがクビになりそうなんです」

と、あやめは言った。

「まあ」

あやめの話を聞くと、英子は、

「人間、どこまで堕《お》ちるものかしら。哀れね、全く」

と言った。「確かに聞いたわ」

「チーフからは、栗崎様に言うなと」

「そういう気のつかい方は、他人に対してのものよ。私と爽香さんは親友ですからね」

と、英子は言った。

「はい！」

――あやめは、通話を終えると息をついて、残りのコーヒーを飲み干した。

「ごちそうさま。あ、そうだ、二杯目の分」

「サービスです」

と、増田は言った。

あやめが元気よく出て行くと――。

店の奥から、欠伸しながら中川が出て来た。

「聞きましたか」

と、増田が言った。

「ああ」

中川は肯いて、「郡山って奴、とんでもねえな」

「でも、殺さない方がいいと思いますよ」

と、増田は言った。


ハイヤーの後部席で、夫婦の間には微妙な空気が流れていた。

「――雨にならなくて良かったな」

と、郡山が言うと、

「そうね」

と、しおりが言って、黙る。

今、待望の〈懇親会〉へと向う車の中である。妻が、もっと興奮して、おしゃべりになるかと思っていた郡山は、ちょっと意外な気がしていた。

まあ、緊張しているんだろう。――もちろん、郡山自身だって緊張している。

ただ、ときどきその緊張を裏切るように、昨日の小久保ルイの美しいドレス姿。そして、その後で過したベッドの中での甘い時間の記憶がよみがえってくるのだ。

そして、郡山はまさか妻のしおりも——こちらは視点が違うが——同じことを考えているとは、思ってもみないのだった。

「——間もなくです」

と、ドライバーが言った。

門の手前で、SPに車を停められる。

郡山が招待状を見せると、

「失礼しました。どうぞ」

と、一礼してくれる。

車は門の中へと入って行く。

玄関の車寄せがポカッと明るい。

車を降りると、

「いらっしゃい。お待ちしてたわ」

三田村梓が出迎えてくれる。

「本日はお招きいただきまして——」

と、しおりが言いかけると、

「招いたのは総理よ。さあ、そんなことはいいから入って」

と、梓は笑顔で言った。「ネームプレートは持ってきた？　じゃ、中に入ったら、胸に付けて」

郡山としおりは、光の溢《あふ》れるような屋内へと、足を踏み入れた……。


こちらのハイヤーには、およそ色気とは縁がない男二人が乗っていた。

一人は酔いつぶれて眠っている奈倉。もう一人はじっと窓の外を眺めている馬垣だった。

「仲間だろ」

という馬垣の言葉に、酔った奈倉は感激して、

「そうですよ！　俺たちは仲間だ」

と、もつれる舌で言ったものだ。

しかし、「俺は知ってるんですよ」という奈倉の言葉は、まだ馬垣の耳に残っている。

そう。――奈倉は知っている。

あのキャスター、保田がマンションのベランダから落ちて死んだとき、馬垣がそこにいたことを。

まだ、自殺という結論は出ていない。

もちろん殺人と思わせる証拠はないだろうが、しかし、その場に誰かがいたという事実は、どう解釈されるだろう?

「――どちらで降ろしますか?」

と、ドライバーが訊いた。

「うん……」

馬垣は少し考えて、「このまま、少し走らせてくれ。この方向でいい」

と言うと、口を開けて眠っている奈倉へ目をやった。

23　動画

「お忙しいところ、どうも」

田端は応接室に入って来た副頭取に挨拶した。

「いや、わざわざ恐縮です」

S銀行の副頭取は、「恐縮」とは口ばかりで、田端が足を運んで当然と思っているのを隠そうともしていなかった。

「ご予定もおありと思いますので、早速……」

と、田端はテーブルにパソコンを置くと、開いた。

「例の女のことですな」

と、副頭取は言った。「こちらの意向はご理解いただけたかと思いますが」

「杉原爽香のことですが」

と、田端は言った。「〈G興産〉にとっては、なくてはならない存在です。確かに、売れ筋の分野にはあまり係りませんが、〈G興産〉のイメージアップに、長く貢献してくれています」

「それはそうでしょうが」

と、副頭取はちょっと苛立っているらしく、「当行としましては、政権への反抗と取られることは、なるべく避けたいのです」

「分ります」

と、田端は肯いた。

「ならば、はっきりと『杉原爽香をいつ付で退職させる』とおっしゃって下さらなくては」

「そこです」

田端はパソコンの画面を出すと、「――これをご覧下さい」

と、パソコンをクルッと回して、副頭取に見せた。

「これは……」

副頭取は当惑げに、「先日のパーティですか？」

「ええ、新頭取の披露パーティ会場ですね」

「これが何か――」

と言いかけて、言葉が途切れた。

「いや、総理も大変期待されていると思いますよ」

という言葉が聞こえて来た。

カメラは、新頭取と話している男性を捉えていた。

「作家の郡山さんですね」

と、田端は言った。「総理のお友だちとして知られている……」

「ところで、一つお願いしたいことが」

と、郡山が言った。

「何でしょう？」

「お宅の取引先に〈G興産〉という会社があると思うのですが。そこの社員で、杉原爽香という女がいまして——」

新頭取が、そばの秘書に、すぐメモさせていた。

「これがとんでもない女で……」

画面を見ていた副頭取が表情をこわばらせて、

「一体誰がこんなものを……」

「分りません」

と、田端が言った。「本当です。私どもに、あのパーティでこんな話が出ると分るはずがありません」

「私を脅すつもりか！」

と、副頭取が憤然として言った。

「とんでもない。お知らせした方が、と思っただけです」

「お知らせ?」

「この動画は、今ネットに流れているんです。誰が流したものか、私にも分りません。ネットのニュースにも取り上げられています。個人的な問題で、いくら総理と親しい人間とはいえ、銀行から圧力をかけて、一人の社員を理由もなくクビにしろと要求するのは……。これは新頭取にとっても、イメージ上、マイナスではないでしょうか。そう心配になったので、こうして伺ったわけです」

田端はパソコンを閉じると、「私どもとしましても、これで杉原爽香をクビにしては、世間から非難されることになるでしょう。その辺、ご理解下さい」

田端は立ち上って、

「では、お忙しいでしょうから、これで。失礼いたします」

と、足早に応接室を出て行った。

「社長――」

爽香がロビーのソファから立ち上った。

「話して来たよ」

と、田端は言った。「パソコンで例の動画を見て固まっていた」

「私のために……。すみません」

「君が謝ることはない」

と、田端は笑みを浮かべて、「君らしくないぞ。もっと堂々としてなきゃ」

「社長……。それじゃ、私がよっぽど高慢ちきな人間みたいですよ」

二人は銀行のビルを出た。

タクシーを停めて、社へ戻ることにする。

「――しかし、あの動画、誰が撮って投稿したのかな」

タクシーの中で、田端は言った。

「見当もつきません。あんなパーティに、知ってる人は出ていないし」

爽香のケータイが鳴った。あやめからだ。

「チーフ。今、ネットニュースに栗崎様が出ておられます」

「まあ」

「録画ですけど、例の動画とリンクしてます。郡山さんとのやりとりについて、はっきり話しておいでですよ」

「そう……。申し訳なかったわね」

「チーフって、凄いですね」

「何が？」

「いざとなると、どこの誰だか分らない人まで味方するんですもの！」

そう言われると、爽香も苦笑するしかない。

「そうね。世の中に、社員をかばって銀行とやり合って下さる社長さんなんて、まずいないでしょうしね」

チラッと見ると、田端はちょっとわざとらしくネクタイをしめ直すところだった。

しかし――爽香としては、この先、どんなことになるかが心配だった。

銀行の方では、当面目立つことはやれないだろう。しかし、郡山が黙っているとは思えなかった。

あのテレビ局の奈倉という男も。――ああいうタイプの男は用心しなければ。

「――ところで社長」

と、爽香は言った。「私の次の仕事なんですけど……」

「あ、そうか」

田端はちょっと笑って、「忘れてたよ、すっかり」

〈テレビK〉のロビーに入って行くと、郡山はいつものようにソファに腰をおろした。

そして、受付の女性に、

「ここへコーヒーを」

と、声をかけた。「俺が来たと言ってくれ」

「かしこまりました」

内線で連絡すると、五分としない内に、ウェイトレスがコーヒーを運んで来た。しかし、小久保ルイではない。

「こちらへ置きます」

「うん」

郡山は肯いて、「小久保ルイは？」

と訊いた。

二人のことは当然ウェイトレス仲間に知られているだろうと思ったのだ。

「ルイちゃんですか。彼女、辞めました」

アッサリ言われて、郡山は言葉が出なかった。——辞めた？　そんなことはひと言も言ってなかったが。

このところ、ケータイへかけてもつながらなくなっていた。郡山も講演などで地方へ行ったりして忙しく、なかなか連絡できなかった。そのせいで、少しすねてるのかな。

ケータイが鳴った。ルイからだ！

「——ああ、どうしたんだ？　今、〈テレビK〉に来てるんだが」

「たぶんそうだと思ってた」

と、ルイは言った。「知らないの、まだ?」

「何のことだ? 辞めたとは聞いたが」

「じゃ、お楽しみに。これでもう連絡しないわ」

「何だって?」

「私、あなたのような人、大嫌いなの。理由はね、私の姉がそこのカフェをクビになったこと」

「何だと?」

「憶えてないでしょうけどね。姉はウェイトレスしてて、オーダーと違うものを持って行ったの。姉の責任じゃないのよ。でも、あなたは局のお偉いさんの目の前で姉を怒鳴りつけて、姉はその場でクビになった。話を聞いて、私、悔しくて。そんな勝手なこと言う奴、どんな奴だろうと思って、そこで働くことにした」

「ルイ……」

「あなたはどう思ってたか知らないけど、偉い人の名前を笠に着た、つまらない人だったわ。みんなそう思ってるのよ。――でも、色々ごちそうになったりして、いい思いもさせてもらったから、そこはお礼を言うわ」

「待てよ、お前は――」

「もうすぐ、あなた、私を殺したくなるわよ」

と、ルイはちょっと笑って、「ネットのニュースをちゃんとチェックしなさいよ。いい男に撮れてるわ」

「ルイ！　待て！」

思わず声が高くなったが、すでに切れていた。――顔から血の気がひいた。ケータイを持つ手が震えている。

何だ、一体？　何があったっていうんだ？

しかし、今の郡山にとっては、ネットのニュースのことより、ルイに振られたことの方のショックが大きかった。――ルイ。俺のことを愛してくれていたのに。

郡山は、受付の女性の目が自分を見ていることにも、全く気付いていなかった。そして、テレビ局にやって来た自分を、誰も出迎えようとしないことにも。

そのとき、ケータイが鳴った、ハッとしてとっさに出ると、

「ルイ？　ルイか？」

少しの間、沈黙があってから、

「あなた……」

妻のしおりの声が、今にも叫び出しそうに聞こえて来た。

その女性は、玄関の前に、まるですべてを止めてしまおうとするかのように立っていた。

「――いらっしゃいませ」

と、しおりは言った。「その節は……」

「お電話した用件で伺いました」

と、スーツ姿の女性は無表情に、「用意していただいてますか？」

「あの……何でしたかしら？　お電話いただいた……」

「先日の〈懇親会〉の件です。ご主人と奥様は、〈懇親会〉に出席なさっていないことになりますので、招待状とネームプレートをご返却いただきます」

「それは……。でも、私と主人は出席いたしましたわ。そうでしょう？」

「事情はお分りでしょう。郡山さんと総理は、何もつながりはありません。総理についての本を出されているのは事実ですが、内容について、総理は一切ご存知ありません」

しおりも、その女がどう言ってくるか、見当がついていた。そう、こっちは作家なのよ。あんたのようなロボットみたいな女に馬鹿にされてたまるもんですか！

「お話は分りました」

と、しおりは真直ぐに女を見つめて、「残念ながら、全部処分してしまいました」

「――何ですって？」

「もう終ってしまったパーティの招待状だのネームプレートだの、後生大事に取っておくなんてこと、誰がします？　主人はとても忙しくて、毎日のように方々へ呼ばれて行きますの。終ったものはどんどん捨てて行くのが普通じゃありません？」

しゃべりながら、しおりは女の表情が歪んでいくのを見て、つい笑いそうになって、何とかこらえていた。

まさかこんなことを言われるとは思っていなかったのだろう。

「——奥さん、嘘はやめて下さい。もし処分されたのなら、お電話したときそうおっしゃったでしょう」

「そうね。でも、まさか——一国の総理大臣ともあろう方が、本当に招待状だのネームプレートだのを返せとおっしゃるなんて、思わなかったんです」

「でも——」

「それに、あれでしょう？　あの招待状もネームプレートも、私どもの税金でこしらえたものですよね。それなら、お返しするなんて妙ですし、どう処分しようと勝手じゃありませんか」

考えておいたセリフがスラスラ出て来て、しおり自身、びっくりするくらいだった。

「分りました」

その女は不愉快な気分を隠そうともせず、「総理にそのように申し上げます。失礼しました」

玄関のドアを、バタンと力任せに閉めて帰って行く。

「まあ。礼儀ってものを知らない人ね」

と呟くと、しおりはドアをロックした。

そして居間へ戻って……。テーブルに並べた二つのネームプレートを眺めた。

あの銀行のパーティでの夫の動画を知ったのは、三田村梓からの電話によってだった。

「ああいう個人的な問題で、総理の名を持ち出すなんて、とんでもないことよ」

と、梓は、しおりにひと言もしゃべらせず、「もうこれきり、連絡は取らないでね」

何よ。――そっちが連絡して来たんでしょ。

しおりは、そういう動画をどうやってパソコンで見ればいいのかよく知らないので、苦労したが、その内やっと辿り着いた。

その映像はびっくりするほどきれいに撮れていた。――しおりは一度見ただけだった。

「杉原爽香……。その女が何だっていうの？」

しおりは、居間のソファに座って、二つのネームプレートを手に取って、しばらく見ていたが……。

24 階段

「用意。——スタート！」

と、声がかかる。

広い通りから、交差する下の道へと、幅の広い階段がある。そこを栗崎英子は軽やかに下りて行った。

「——カット！」

階段を下り切らない内に、「カット」の声がかかって、栗崎英子は足を止めた。

「栗崎さん！　それじゃ元気過ぎますよ」

階段の上からディレクターが言った。「もう少しゆっくり、疲れた感じで下りて下さい」

「あら」

と、ベテラン女優は不満げに階段を上って来ると、「元気じゃいけないの？　ここは別にマラソンした後ってわけじゃないでしょう。元気で何がいけないの？」

「いや、いけないわけじゃないんですがね。僕のイメージとして……」

「分ったわ。じゃ、少しゆっくり下りるわよ。でも、疲れた感じってのは気に入らない」

「ええ。そこはお好きなように」

ビル風で、髪が乱れる。英子は一旦カメラの後ろへ入って、ヘアメイクの女性に直してもらった。

そこへ、

「相変らずですね」

と、やって来たのは爽香と久保坂あやめ。

「あら、どうしたの？　見学？」

「先日のお礼をと思って。ここでロケと聞いたもので」

「良かったわ。このカットが済んだら、今日は終りなの。私のこと気づかって、途中休憩の時間を入れるもんだから、却ってやりにくいわ」

「栗崎様はお元気過ぎるんですよ」

と、爽香は笑って、「米寿のお祝いを、と思ってるんですけど」

「あら、ありがとう。じゃ、後で相談しましょ」

爽香は、足を止めてロケを眺めている人たちへ目をやった。

どことなく、そぐわない人間というのは目につくものだ。爽香がそういう目を持っているせいかもしれないが。

「あやめちゃん」

と、小声で、「向うにいるグリーンのコートの女性、分る?」

「ええ」

「何だか動きが気になるの。ちょっとそばに寄っていてくれる?」

「分りました」

あやめがスタッフの間を抜けて行く。爽香はカメラの脇に立った。

「じゃ、本番行きます!」

スタッフのかけ声で、英子が歩道をタッタッとやって来ると、階段を下りようとした。

そのとき——グリーンのコートの女性が、バッグを投げ捨てると英子に向って駆けて行った。

とっさに爽香は駆け出すと、英子とその女の間に飛び込んだ。同時に、あやめがその女を追いかけて、コートの端をつかんでいた。

「放して!」

女が叫んだ。そして、コートをつかまれて、バランスを崩した。コートが脱げて、あやめの手に残る。しかし、女の方は英子の脇をすり抜けて、階段へと体が泳いだ。

「危い――」

と、爽香が言いかけたとき、その女は階段を転げ落ちていた。

「――何ごと？」

英子が目を丸くしていた。


「じゃ、あれ、郡山の奥さん？」

と、あやめがびっくりして、「どうして栗崎様に……」

「私の顔は見たこともないし、調べようがなかった」

と、爽香が言った。「でも、郡山さんを批判した栗崎様のことは顔も分るし、スケジュールが調べられた。――あの一件で、特権を奪われたことがショックだったんでしょうね……」

「でも、自分で階段を転り落ちてちゃね」

と、栗崎英子が首を振って、「まあ、命に係るほどじゃなくて良かったわ」

――ロケが終って、爽香たちは少し早めの夕食をとっていた。

郡山しおり――そういう名前だと、初めて知ったが――は、階段半ばまで転り落ち、左腕を骨折。肩に打撲傷を負って、救急車で運ばれた。

英子を突き落とそうとしていたことは、収録していたテレビカメラが捉えていた。警察が郡山しおりから事情聴取を始めていて、それはマスコミの知るところとなった……。

「あ、電話だわ」

爽香のケータイが鳴ったのである。「——はい、杉原です。——ああ、スザンナさん。——え？〈テレビK〉で？」

爽香はスザンナの話を聞いていたが、

「——分りました。これから〈テレビK〉に向います」

と言って切ると、「どうやら、〈テレビK〉が大騒ぎになっているようだわ。私、行って来ます」

「私も一緒に」

と、あやめが立ち上ると、

「あなたたち」

と、英子が言った。「まさか、私を置いて行くつもりじゃないでしょうね」

爽香とあやめが思わず顔を見合せた。

「あ、すみません。爽香さん」

テレビ局のロビーに入ると、スザンナが待っていて、爽香だけでなく、栗崎英子もやって来たのを見てびっくりした。

「郡山さんが？」

「〈ニュースの海〉のスタジオに陣取って動こうとしないんです。局のお偉方が話そうとしてるんですけど」

と、スザンナは言った。

「でも、どうしてあなたが？」

「分りません。奈倉さんは姿が見えないし、馬垣さんが私に来てくれと連絡を」

「でも、〈ニュースの海〉って、今夜も放送があるでしょ？」

「そうなんです。スタジオを換えると、セットも違ってしまいますからね」

と言って、スザンナは、「あ、馬垣さん。どうですか、郡山さん」

「困ったもんだ。もちろん、どうしても動こうとしなければ、実力で排除するしかないが、それはやりたくない」

「奈倉さんは？　姿見えませんね」

「あいつは飲んだくれていて、使いものにならん」

と馬垣は言って、英子に気付き、「これはどうも！　わざわざこの件で？」

「話してみましょうか、私が」

と、英子は言った。

——スタジオは戸惑った空気になっていた。〈ニュースの海〉のスタッフを無視して、郡山がキャスターの席に座っていたのだ。

「奥さんのおけがはどう？」

と、英子が話しかけると、郡山は意外そうに、

「名女優のお出ましか。——女房はどうやらあんたを突き落とそうとして、自分で階段を転り落ちたらしい。しようのない奴だ」

「でも、奥さんは思いつめてらしたのよ」

「頭に血が上っていた。それはその通りだ。しかし、あいつは楽しみにしていたんだ。自分が世間で認められることを。しかし、このニュースが流れたら、おしまいだ。だから話しに来た」

「あなたは、ご自分の居るべき場所を間違えているわよ」

と、英子が穏やかに言った。「あなたは、奥さんのそばにいてあげなくては。これから取材や取調べが続く中で、奥さんはどんなに心細いか。あなたがそばに付いていてあげないで、どうするの？　あなたは奥さんを裏切っていたかもしれない。でも、奥さんが頼りにするのは、あなたしかいないのよ」

郡山は目をそらした。

英子は続けて、

「あなたのご本も読んだわ。でも、何か強い力の後ろ盾がないと書けないようなものは、

結局時と共に消えていく。私のような役者も同じ。カメラの前、舞台の上ではたった一人よ。ものを書く人だってそうでしょう。孤独な仕事。でも、だからこそ、自分の力だけでそれを作り上げた、って誇りが持てる。私もそのプライドがあるから、八十八歳のこれまでやって来られた。——あなたは今回のことで、支えてくれる力を失った。でも、それは元に戻っただけのことよ。そうでしょ？　もともと身につかない衣裳《いしよう》を脱ぎ捨ててしまえば、あなたに一番似合うものを知っているのは、奥さんよ。今、その奥さんがあなたを必要としている。行ってあげなさい。——浮気を許してもらうのに、こんないいチャンスはないわ」

それはよくできたお芝居のセリフのように、大女優の口から、淀みなく語られた。聞く間に、郡山のこわばっていた表情が少しずつ柔和《にゆうわ》になっていくのが、誰の目にも分った。

「——あんたは」

と、郡山は英子を見て言った。「だてに年齢《とし》を取っちゃいないね」

「そりゃあね。何百人分もの人生を生きて来たもの」

「かなうわけがないな……」

郡山は重そうに立ち上ると、スタッフに向って、「邪魔したね」

と、声をかけ、疲れた足取りでスタジオを出て行った。

馬垣が英子の方へやって来て、

「ありがとうございました！　助かりましたよ！」

と、笑顔で言った。「いや、正直、あの先生には、みんな閉口してたんです。もう誰も相手にしないでしょう。こちらも安心です」

「勝手なこと言って！」

と、スザンナが怒って言った。「あの人のひと言で、保田さんを降ろしたりしたのは誰なの？」

「スザンナ、まあ落ちつけよ。勤め人なんて弱いもんだ。上に言われりゃ、従うしかない」

「そうやって、全部『上の人』のせいにするのね。でも――そこに保田さんの死が誰のせいか、知ってる人が来てるわ」

スタジオの入口に、奈倉が立っていた。服も頭も全身ずぶ濡れになっている。

「奈倉！」

「俺が酔っ払って川に落ちるのを黙って見ていやがって！　溺れ死ぬと思ったんだろうが、あいにく俺は海の生れでな」

「何を言ってる！　浅い川だから、大丈夫だと思って……」

「保田が飛び下りたときもそうか？　大した高さじゃないから、死なないと思ったたっていうのか？　その場にいて止めなかったくせに！」

「よせ！　こいつはわけが分らなくなってるんだ。おい、一緒に来い！」

奈倉の腕を取って、引張って行こうとする。奈倉は馬垣の腕を振り放すと、

「俺に触るな！」

と、拳を馬垣の顔面へ叩きつけた。

「やったな！　おい、奈倉を捕まえろ！　警察を呼べ！」

スザンナは、二人がスタジオから連れ出されて行くのを見送って、

「情ない人たち」

と呟いた。「ニュースにもならない」

「スザンナ」

と、アナウンサーの一人が言った。「戻ってくれよ、〈ニュースの海〉に。保田さんの思いを継げるのは君しかいない」

「でも……」

「みんなで君を支える。ね？　今夜からキャスターに復帰してくれ」

スタジオの中に拍手が起った。

「でも……私……」

と、スザンナは頬を染めて、「だったら、美容院に行ってくるんだったわ」

「あくまで内輪の会ですが」

と、爽香は言った。「栗崎様の米寿の祝いをやろうということで」

「いいね」

と、田端は肯いた。「ぜひ参加させてくれ」

「はい。では予定に」

「うん、ちゃんと入れとく」

社長室にやって来た爽香は、手早くメモして、

「書かないとだめなんですよね。すぐ忘れちゃう。手帳がないと、私……」

と言ってから、「あ、今度〈G興産〉の海外向けパンフレットを、〈AYA〉さんにまとめてもらおうと思います。若い人の感性に合ってますし」

「ああ、いいね。明男君が彼女の命を救ったんだろ?」

「そうです。明男、ああいうタイプに弱いんで」

「余裕だね」

と、田端は笑って言った。

「男も女も、友達は大勢いていいと思ってます。視野が広くなりますから」

「確かにね。——井の中の蛙《かわず》で、狭い世界の中で大物ぶってるくらい、みっともない

ものはないね」

「私もいましめにします」

「君はあちこちで有名だぜ。他の業種の人からも、『おたくには社内で探偵局を開いている方がいるそうですな』って言われる」

「それって、社長が言いふらしてらっしゃるんでしょ」

社長室にスーツ姿の若い女性が入って来た。

「社長、お車が」

「ああ、そうか。――杉原君、彼女は新しい秘書で、朝倉有希《あさくらゆき》だ。これが噂の杉原爽香だよ」

そういう言い方って……。

「朝倉です」

若々しい美人だ。まだ二十代だろう。

「じゃ、出かけるか」

と、社長室を出て、田端がエレベーターに向うと、爽香も自然とついて行った。

エレベーターに秘書と二人で乗ると、田端が、

「そうだ。言い忘れてた」

と、爽香に言った。「再来年が、〈G興産〉の創業五十年なんだ。記念行事、君に任せ

る。頼むよ」

扉が閉った。

「――は?」

爽香はエレベーターの扉の前で、しばしポカンと突っ立っていた。

解説

山前《やままえ》　譲《ゆずる》
（推理小説研究家）

その日、とある中華料理店の個室でかなり大人数の食事会が開かれていました。音頭を取ったのは杉原爽香《すぎはらさやか》ですが、参加メンバーを順不同で紹介すると、大ベテランの女優・栗崎英子《くりさきひでこ》、医師の浜田今日子《はまだきょうこ》とその娘の明日香《あすか》、〈消息屋〉の松下《まつした》、〈G興産〉で爽香の秘書をしている久保坂《くぼさか》あやめとその夫の堀口《ほりぐち》画伯（なんと九十六歳！）、爽香の兄・充夫《みつお》の遺児である綾香《あやか》と涼《りょう》と瞳《ひとみ》、涼の恋人の岩元《いわもと》なごみ、〈M女子学院〉で高等部教務主任をしている河村布子《かわむらきぬこ》、彼女と河村刑事とのあいだに誕生した世界的なヴァイオリニストの爽子《さわこ》と弟の達郎《たつろう》、早川志乃《はやかわしの》とその娘のあかね、爽香の母の真江《まさえ》、そしてもちろん爽香の一家！

シリーズをずっと楽しんできた読者ならば、この食事会がなんともスペシャルなもので、そしてメンバーがゴージャスなことに感激するはずです。これぞまさにオールスターでしょう。そして、残念ながらここに参加することが叶わなかったあの人、あの人、あの人……爽香のこれまでの人生に思いを馳《は》せることになるかもしれません。そんな食事会の目的は？

　その謎解きは後のことにして、この『黄緑のネームプレート』で爽香は四十六歳です。『若草色のポシェット』で読者の前に初めて登場した十五歳の頃と変わらない、溌剌《はつらつ》とした姿がなんとも不思議です。とにかく困っている人を見かけたら黙ってはいられません。不条理な出来事を見すごすことはできません。まさに火の中水の中、それが爽香の人生でした。

　ところが、『黄緑のネームプレート』で水の中に飛び込んでいるのは、夫の明男《あきお》のほうなのです。週末、爽香の一家は海辺で休暇を楽しんでいました。と、そこで珠実《たまみ》がお母さんに言うのです。「今、女の人がね、服着たまま、海に入ってった」と。海に飛び込んで助けたのは明男です。自殺しようとしていたのはフリーライターの〈ＡＹＡ〉こと下原綾子《しもはらあやこ》でしたが、一緒に泊まっていたのが「先生」と呼ばれる人物だったせいか、この事件はうやむやになってしまいます……。

　杉原爽香の一家が三人だけで休暇を楽しんでいる場面は、じつに珍しいと言えるでしょう。三毛猫ホームズのシリーズでは、ホームズご一行が温泉に行ったりすることがよくありますが（もちろん事件付きですけれど）、爽香たちにはこれまでのんびり休む機会がなかなかなかったような気がします。一九八六年にいわゆる男女雇用機会均等法が施行され、日本の経済活動において女性の役割はしだいに高まっていますが、爽香はそんな社会の動向を先取りして、じつに忙しい日々を送ってきました。

大学を卒業してまず爽香が勤めたのは古美術店でした。しかし、父・成也《しげや》の病気もあって杉原家の家計を支えなければならなくなった彼女は、老人向けのケア付きマンション〈Pハウス〉に転職します。河村刑事の紹介でした［小豆《あずき》色のテーブル］。そこに入居していたのが往年の大スターの栗崎英子です。そこで知り合ってからずっと爽香を見守ってくれるとは、まったく思いもよらないことでした。

気配りの細やかな爽香にとって、〈Pハウス〉はうってつけの職場だったでしょう。ところがプライベートではさまざまなトラブルに悩まされていました。プライベートといえば、『藤色のカクテルドレス』で明男との結婚が決まっています。幸福の瞬間までの紆余曲折《うよきょくせつ》を知っている読者にとっては、感動の一冊だったはずです。そして『うぐいす色の旅行鞄』では新婚旅行で温泉へ……もちろん（？）そこでものんびりとはできませんでした。

〈Pハウス〉に出資していたのが現在の勤務先の〈G興産〉です。社長の田端《たばた》は爽香のビジネスの感覚をしだいに評価していきます。もっとも、『銀色のキーホルダー』で家族が巻き込まれたトラブルを鮮やかに解決してくれたことが、印象に残ったのかもしれませんが……。『濡羽《ぬれば》色のマスク』で〈G興産〉の「一般向け高齢者用住宅」の準備スタッフに加わる爽香でした。そして『茜《あかね》色のプロムナード』では〈G興産〉に移り、土地買収交渉に携わっています。爽香、三十歳の時でした。けっして時代を特定するわけではないですが、こうした爽香の職歴の背景には、日本経済の大きなうねりも感じられました。

そして完成したのが〈レインボー・ハウス〉です。見学会での危機一髪の場面は、もしかしたら爽香の人生で最大の危機だったと言えるかもしれません。〈レインボー・ハウス〉の運営は順調でした。プロジェクト・メンバーのひとりがセンセーショナルな事件を起こしたこともありますが、仕事的にはちょっと落ち着いた何年間かを過ごしています。田端社長の粋な計らいで、『萌黄色《もえぎ》のハンカチーフ』では明男とともにヨーロッパ旅行を楽しめました。いわば第二のハネムーンです。もっとも、帰国するとやっぱり事件が待っていましたが。

珠実が誕生したのは『柿色のベビーベッド』です。爽香、三十六歳の時でした。ところが産休はたった半年！　プロジェクトチームのチーフに復帰した爽香は、カルチャースクールの立て直しに奔走しています。そこでのさまざまなアイデアは、さすが爽香だと思わせるものでした。ただ、小学校時代の同級生で画家のリン・山崎《やまざき》と再会し、絵のモデルになるとは思ってもいなかったでしょうが。それもヌー……詳しくは『オレンジ色のステッキ』で。

『新緑色のスクールバス』では爽香は四十歳になっています。すっかり貫禄がついて

——なんてことはありません。そこで爽香は、客足の落ちたショッピングモールの立て直しに四苦八苦しています。新しい試みには痛みも付いてきます。さまざまな境遇の人々が絡み合うビジネスの世界では、爽香の思いが必ずしもみんなに通じるとは限らないのでした。

そしてつづく『肌色のポートレート』では新たな大規模プロジェクトを担当しています。それは〈G興産〉単独のものではありませんでした。〈M地所〉の再開発プロジェクトで、〈G興産〉は庭園などの周縁部を担当したのです。必然的に他社との交渉事が多く、それが爽香を悩ませます。さすがに働き過ぎと〈G興産〉の田端社長も思ったのでしょう。休暇取得を厳命された爽香が、部下の久保坂あやめたちと温泉旅行に行ったのは『えんじ色のカーテン』です。もちろん事件はそこでも起こっているのですが。

爽香の担当したプロジェクトの進行は順調とは言えませんでした。『栗色のスカーフ』では硬直した会社組織に起因するトラブルにも心を痛めますが、それもまた爽香シリーズでしだいに明確になってきたテーマです。

こうして振り返ってみれば、『黄緑のネームプレート』の冒頭、爽香、明男、珠実の一家三人だけで休暇を過ごしているのがじつに貴重な時間であることは、納得していただけるでしょう。働き方改革などと今頃になって労働環境が取りざたされ、一方でいわゆるブラック企業がなおも問題視される昨今ですが、爽香はあくまでも真摯《しんし》に仕事に取り組んできました。ですからついついハードワークになることもあったのです。

それがなぜ今になって、のんびりと家族旅行をする時間が――じつは、再開発プロジェクトでの〈G興産〉の担当分はほぼ一段落したので、手が離れたのです。そして爽香の次の仕事が決まっていない！　それで給料がもらえるのなら、そんな嬉しいことはない……なんて爽香が考えるはずはありませんし、事件はいつものように爽香の出番を待っているのです。

その事件の核心にいるのは郡山透《こおりやまとおる》です。地味なフリーライターだった郡山は、現職の総理大臣をほめちぎった本を書いたことが評価され、その総理大臣からマスコミ対策の指揮を依頼されます。そして今では、総理の威光を笠に着て優雅な生活をおくっています。総理に批判的だったニュースキャスターを降板させたいと匂わせると、テレビ局は忖度《そんたく》して降板を即決しました。総理のプライベートな懇親会に招かれるほどです。じつは郡山は下原綾子と男女の仲にあったのですが、あの海辺のホテルであっさり縁を切って、テレビ局のカフェのウェイトレスを新たな愛人とします。

しかしそれは、郡山の真の力ではありません。権力に媚《こ》び、権力を利用し、そして権力を放すまいとする人々の姿が、今の日本社会とオーバーラップしていきます。ただ『黄緑のネームプレート』は絶望の物語ではありません。八十八歳の栗崎英子の凜とした言葉で、郡山は己の醜《みにく》さに気付かされるのです。さすが大女優と拍手喝采《かっさい》したくなる場面がクライマックスなのです。

あれ、あの中華料理店でのパーティは？　その目的と和やかな雰囲気を簡単に伝えることはできません。ぜひ読んで確認してください。次の楽しいパーティも予告されているようです。そして珠実ちゃんは十歳ながら、お母さんをビックリさせるほど大人びてきました。もう「ちゃん」付けは失礼でしょう。爽香の新しい仕事も決まったようです。はたしてそれは？　いや、仕事よりもスリリングな事件を期待している人が多いかもしれません。それはさておき、爽香が定年退職を迎えるのはまだまだ先のはずです。

初出
「女性自身」（光文社）
二〇一八年　一一月六日号、一一月二〇日号、一二月一八日号
二〇一九年　一月二九日号、二月一九日号、三月一九日号、四月一六日号、五月二八日号、六月一八日号、七月一六日号、九月三日号、九月一七日号

光文社文庫

文庫オリジナル／長編青春ミステリー

黄《き》緑《みどり》のネームプレート

著者　赤《あか》川《がわ》次《じ》郎《ろう》

2019年9月20日　初版1刷発行

発行者　鈴木広和
印刷　萩原印刷
製本　ナショナル製本

発行所　株式会社　光文社
〒112-8011　東京都文京区音羽1-16-6
電話（03）5395-8149　編集部
8116　書籍販売部
8125　業務部

ISBN978-4-334-77901-6　Printed in Japan

組版　萩原印刷

虹《にじ》色《いろ》のヴァイオリン〈31歳の冬〉
枯《かれ》葉《は》色《いろ》のノートブック〈32歳の秋〉
真《しん》珠《じゅ》色《いろ》のコーヒーカップ〈33歳の春〉
桜《さくら》色《いろ》のハーフコート〈34歳の秋〉
萌《もえ》黄《ぎ》色《いろ》のハンカチーフ〈35歳の春〉
柿《かき》色《いろ》のベビーベッド〈36歳の秋〉
コバルトブルーのパンフレット〈37歳の夏〉
菫《すみれ》色《いろ》のハンドバッグ〈38歳の冬〉
オレンジ色のステッキ〈39歳の秋〉
新緑色のスクールバス〈40歳の冬〉
肌色のポートレート〈41歳の秋〉
えんじ色のカーテン〈42歳の冬〉
栗色のスカーフ〈43歳の秋〉
牡丹色のウエストポーチ〈44歳の春〉
灰色のパラダイス〈45歳の冬〉
黄緑のネームプレート〈46歳の秋〉
爽香読本 改訂版 夢色のガイドブック ——杉原爽香、二十七年の軌跡